阅读中华国粹　傅璇琮／主编

民间传说

民间传说是中国文学艺术的重要形式，是亿万人民口传心授的知识宝库，对普通民众具有不可替代的教育意义和娱乐作用，显示了强大的生命力和长久的影响力。

颜培金／编著
丁　宁

U0740556

泰山出版社

图书在版编目（CIP）数据

民间传说 / 颜培金, 丁宁编著. -- 济南 : 泰山出
版社, 2012.11（2017.2重印）
ISBN 978-7-5519-0031-7

Ⅰ.①民… Ⅱ.①颜… ②丁… Ⅲ.①民间故事—作
品集—中国 Ⅳ.①I277.3

中国版本图书馆CIP数据核字（2012）第020371号

编　著　颜培金
责任编辑　葛玉莹
装帧设计　林静文化

民间传说

出　版　泰山出版社
　　社　址　济南市马鞍山路58号8号楼　　邮编　250002
　　电　话　总编室（0531）82023579
　　　　　　市场营销部（0531）82025510　82020455
　　网　址　www.tscbs.com
　　电子信箱　tscbs@sohu.com
发　行　新华书店经销
印　刷　北京飞达印刷有限责任公司
规　格　710×1000 mm　16开
印　张　11
字　数　144千字
版　次　2017年2月第2版
印　次　2017年2月第1次印刷
标准书号　ISBN 978-7-5519-0031-7
定　价　28.00元

序

傅璇琮

2001年，泰山出版社编纂、出版一部千万言的大书：《中华名人轶事》。当时我应邀撰一序言，认为这部书"为我们提供了开发我国丰富史学资源的经验，使学术资料性与普及可读性很好地结合起来，也可以说是新世纪初对传统文化现代化的一次有意义的探讨"。我觉得，这也可以用来评估这部《阅读中华国粹》，作充分肯定。且这部《阅读中华国粹》，种数100种，字数近2000万字，不仅数量已超过《中华名人轶事》，且囊括古今，泛揽百科，不仅有相当的学术资料含量，而且有吸引人的艺术创作风味，确可以说是我们中华传统文化即国粹的经典之作。

国粹者，民族文化之精髓也。

中华民族在漫长的发展历程中，依靠勤劳的素质和智慧的力量，创造了灿烂的文化，从文学到艺术，从技艺到科学，创造出数不尽的文明成果。国粹具有鲜明的民族特色，显示出中华民族独特的艺术渊源以及技艺发展轨迹，这些都是民族智慧的结晶。

梁启超在1902年写给黄遵宪的信中就直接使用了"国粹"这一概念，其观点在于"养成国民，当以保存国粹为主义，当取旧学磨洗而光大之。"当时国粹派的代表人物黄节在写于1902年的《国粹保存主义》一文中写道："夫国粹者，国家特别之精神也。"章太炎1906年在《东京留学生欢迎会演说辞》里，也提出了"用国粹激动种性"的问题。

1905年《国粹学报》在上海的创刊第一次将"国粹"的概念带入了大众的视野。当时国粹派的主要代表人物有章太炎、刘师培、邓实、黄节、陈去病、黄侃、马叙伦等。为应对西方文化输入的影响，他们高扬起"国学"旗帜："不自主其国，而奴隶于人之国，谓之国奴；不自主其学，而奴隶于人之学，谓之学奴。奴于外族之专制谓之国奴，奴于东西之学，亦何得而非奴也。同人痛国之不立而学之日亡，于是瞻天与火，类族辨物，创为《国粹学报》，以告海内。"（章太炎：《国粹学报发刊词》）

经历了一个多世纪的艰难跋涉，中华民族经历着一次伟大的历史复兴，中国崛起于世界之林，随着经济的发展强大，文化的影响力日益凸显。

20世纪，特别是80年代以来，国学已是社会和学界关注的热学。特别是当前新世纪，我们社会主义经济、文化更有大的发展，我们就更有需要全面梳理中国传统文化的精华，加以宣扬和传播，以便广大读者，特别是青少年，予以重新认知和用心守护。

因此，这套图书的出版恰逢其时。

我觉得，这套书有四大特色：

第一，这套书是在当下信息时代的大背景下，立足中国传统文化经典，重视学术资料性，约请各领域专家学者撰稿，以图文并茂的形式，煌煌百种全面系统阐释中华国粹。同时，每一种书都有深入探索，在"历史——文化"的综合视野下，又对各时代人们的生活情趣和心理境界作具体探讨。它既是一部记录中华国粹经典、普及中华文明的读物，又是一部兼具严肃性和权威性的中华文化典藏之作，可以说是学术性与普及性结合。这当能使我们现代年轻一代，认识中华文化之博大精深，感受中华国粹之独特魅力，进而弘扬中华文化，激发爱国主义热情。

第二，注意对文化作历史性的线索梳理，探索不同时代特色和社会风貌，又沟通古今，着重联系现实，吸收当代社会科学与自然科学的新鲜知识，形成更为独到的研究视野与观念。其中不少书，历史记述，多从先秦两汉开始，直至20世纪，这确为古为今用提供值得思索的文本，可以说是通过对各项国粹的历史发展脉络的梳理总结规律，并提出很多建设性的意见和发展策略。

第三，既有历史发展梳理，又注意地域文化探索。这套书，好多种都具体描述地方特色，如《木雕》一书，既统述木雕艺术的发展历程（自商周至明清），又分列江浙地区、闽台地区、广东地区，及徽州、湘南、山东曲阜、云南剑川，以及少数民族的木雕艺术特色。又如《饮食文化》，分述中国八大菜系，即鲁菜、川菜、粤菜、闽菜、苏菜、浙菜、湘菜、徽菜。记述中注意与社会风尚、民间习俗相结合，确能引起人们的乡思之情。中华民族的文化是一个整体，但它是由许多各具特色的地区文化所组成和融汇而成。不同地区的文化各具不同的色彩，这就使得我们整个中华文化多姿多彩。展示地区文化的特点，无疑将把我们的文化史研究引向深入。同时，不少书还探讨好几种国粹品种对国外的影响，这也很值得注意。中华文明在国外的传播与影响，已经形成一种异彩纷呈，底蕴丰富的文化形象，现在这套书所述，对中外文化交流提供十分吸引人的佳例。

第四，这套书，每一本都配有图，可以说是图文并茂，极有吸引力。同时文字流畅，饶有情趣，特别是在品赏山水、田园，及领略各种戏曲、说唱等艺术品种时，真是"使笔如画"，使读者徜徉了美不胜收的艺术境地，阅读者当会一身轻松，得到知识增进、审美真切的愉悦。

时代呼唤文化，文化凝聚力量。中共中央十七届六中全会进一步提出社会主义文化大繁荣大发展的建设。我们当遵照十七届六中全会决议精神，大力弘扬中华优秀传统文化，大力发扬社会主义先进文化。文化越来越成为民族凝聚力和创造力的重要源泉，我们希望这套国粹经典阐释，不仅促进青少年阅读，同时还能服务于当前文化的开启奋进新程，铸就辉煌前景。

2011年10月

目　录

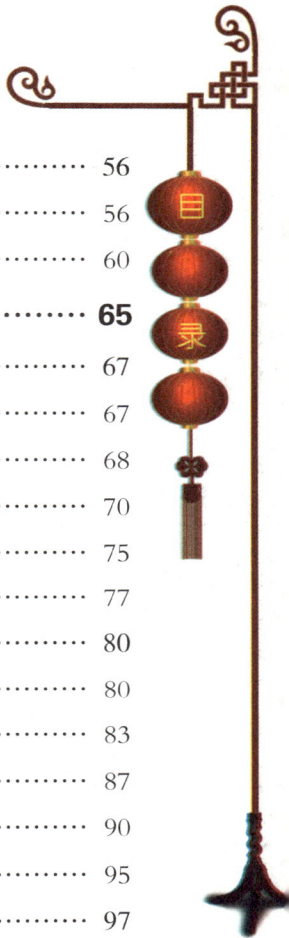

第一章

中国民间传说概说

第一章　中国民间传说概说

民间传说，是一种口头叙事文学，是我们喜闻乐见的一种文学艺术形式，也是神话与历史等主流文化在民间的主要传播方式。

民间传说就是对神话和历史中的事件、人物以及地方历史风物的故事化、趣味化过程。比如古希腊的《荷马史诗》，就是以民间传说为基础而产生的。

特洛伊战争结束以后，一些希腊城邦的民间歌手和民间艺人就将希腊人在战争中的英雄事迹和胜利的经过编成歌词、在公众集会的场合吟唱。这些故事由民间歌手口耳相传，历经几个世纪、经过不断的增益和修改，到了荷马手里被删定为两大部分，成为定型作品。

《荷马史诗》中的特洛伊木马

中国上古神话与历史也是通过传说的方式保留下来的，比如我们所熟知的《盘古开天》、《女娲造人》以及远古时代三皇五帝的传说等。

当然，民间传说中的主人，也不尽是一些神仙和历史上的大人物，更多的却是那些小妖小怪与普通民众，因为她们距离民间更近，与民间更亲密。这些传说故事更多反映了民众的心态和民间的世俗生活。比如现在仍流传甚广的民间四大传说《牛郎织女》、《孟姜女哭长城》、《梁山伯与祝英台》、《白蛇与许仙》，以及八仙、十二生肖等传说。

这种传说虽然不是真正的史学著作，但是它们保留了许多古代社会的历史事实，具有重要的史料价值，因此可以说，它们已经具备了史学的某些功能和性质，直接孕育了古代史学。同时，传说中的艺术化与趣味化创造，也就成为了后代文学的先声。

第一节 民间传说的定义

一、民间传说的定义

根据目前我国传说学理论研究进展，我们可以将这一界定充实表述为：民间传说是围绕客观实在物，运用文学表现手法和历史表达方式构建出来的，具有审美意味的散文体口头叙事文学。

二、广义民间传说

民间传说由与历史事件、历史人物及地方风物有关的故事组成。学术界对于传说的界定大致也有广义和狭义两种看法。广义的民间传说又俗称"口碑"，是一切以口头方式讲述生活中各种各样事件的散文叙事作品的统称。

所谓"口碑"，泛指众人的议论，也就是民众的口头传说。比如，包拯是宋代的一位清官，他铁面无私，执法公正不阿，替民伸冤除害，在群众中有着良好的口碑，于是也就有了包公断案的众多民间传说故事。再如，秦桧是历史上著名的奸臣，死后万人唾弃，传说其后人为秦桧看守坟庵，因为羞于姓秦，便改姓为徐。之所以把秦改为徐而不是改为其他字，是因为秦字上边是"三、人"，下加个"禾"字，而徐字偏旁是双人，右边上为"人"字，下边也类似"禾"字。秦、徐二字都是"三人加一禾"，仍隐含着不忘祖姓之意，但此说却明显在摒弃秦桧的为人。

三、狭义民间传说

与广义传说概念的宽泛性不同，狭义的民间传说是指民众口头创作和传播的描述特定历史人物或历史事件、解释某种地方

包拯画像

风物或习俗的传奇性散文体叙事。

所谓特定的历史人物或历史事件，是指那些历史人物或历史事件本身就具有一定的传奇性，历史表述不够清晰，一般民众对它们了解不够全面，而这些事件和人物对老百姓的生活又具有较为深远的影响，也就具有了基本的传说性。

总之，传说既不是真实人物的传记，也不是历史事件的记录，尽管其中也可能包含着真实历史的某些因素，而是人民群众的艺术创作。许多传说把比较广泛的社会生活内容通过艺术概括而依托在某一历史人物、事件或某一自然物、人造物之上，达到历史的因素和历史的方式与文学创作的有机融合，使它成为艺术化的历史，或者是历史化的艺术。

四、民间传说的"传说核"

在民间传说的创作中，客观实在物始终处于核心地位，因此人们又将它称为"传说核"，"传说核"可以是一个历史人物、历史事件，也可以

盘古开天处

是一个地方古迹或风俗习惯等。

对某种地方风物或习俗的解释性传说是非常多见的，可以说大到一座山，小到一件生活小物事，大到一次全国性的节日，小到一个地方性节日或者生活中的小细节，都有这种传奇性的解释。解释的中心也就是民间传说的"传说核"，比如，盘古开天的传说，就是对我们这个世界来历的一种解释：

传说在天地还没有开辟以前，有一个不知道为何物的东西，没有七窍，它叫做帝江，也有人叫他"混沌"，他的样子如同一个没有洞的口袋一样，它有两个好友，一个叫倏，一个叫忽。有一天，倏和忽商量为帝江凿开七窍，帝江同意了。倏和忽用

了七天为帝江凿开了七窍，但是帝江却因为凿七窍而死了。

帝江死后，它的肚子里出现了一个人，名字叫盘古。盘古在这个"大口袋"中一直酣睡了约18000年后醒来，当他睁开朦胧的睡眼时，眼前除了黑暗还是黑暗。他想伸展一下筋骨，但"口袋"紧紧包裹着身子，他感到浑身燥热不堪，呼吸非常困难。盘古不能想象可以在这种环境中忍辱地生存下去。他火冒三丈，勃然大怒，于是他拔下自己一颗牙齿，把它变成威力巨大的神斧，抡起来用力向周围劈砍。

一阵巨响过后，"口袋"中一股清新的气体散发开来，飘飘扬扬升到高处，变成天空；另外一些浑浊的东西缓缓下沉，变成大地。从此，混沌不分的宇宙一变而为天和地，不再是漆黑一片。人置身其中，只觉得神清气爽。

盘古仍不罢休，继续施展法术，不知又过了多少年，天终于不能再高了，地也不能再厚了。这时，盘古已耗尽全身力气，慢慢地躺在地上，闭上沉重的眼皮，与世长辞了。

伟大的英雄死了，但他的遗体并没有消失：盘古临死前，他嘴里呼出的气变成了春风和天空的云雾；声音变成了天空的雷霆；盘古的左眼变成太阳，照耀大地；右眼变成皎洁的月亮，给夜晚带来光明；千万缕头发变成颗颗星星，点缀美丽的夜空；鲜血变成江河湖海，奔腾不息；肌肉变成千里沃野，供万物生存；骨骼变成树木花草，供人们欣赏；筋脉变成了道路；牙齿变成石头和金属，供人们使用；精髓变成明亮的珍珠，供人们收藏；汗水变成雨露，滋润禾苗；盘古倒下时，他的头化作了东岳泰山，他

的脚化作了西岳华山，他的左臂化作南岳衡山，他的右臂化作北岳恒山，他的腹部化作了中岳嵩山。传说盘古的精灵魂魄也在他死后变成了人类。所以，都说人类是世上的万物之灵。

第二节　民间传说的四大特征

一、口头性

口头性，即口头创作、口头传承

知识小百科

我国古代的宇宙观

从远古时代起，我国古代的先民们就对宇宙结构、天地关系等问题作出种种推测，很早就有了天圆地方、天高地卑的盖天说。战国时期，随着天文观测材料的积累，人们对天圆地方提出了质疑，出现了第二次盖天说。它认为，天是半圆形的，地是拱形的，日月星辰附着天而平转，不能转到地的下面等。这一学说一直到西汉时还很流行。

汉代，人们对宇宙有了进一步的认识，出现了浑天说和宣夜说，它们和盖天说一起被称为"论天三家"。浑天说是一种以地球为中心的宇宙理论。它认为，天形浑圆如鸡蛋壳，地居天内似蛋黄，天地乘气而立，载水而行，比较近似地说明了天体的运行。宣夜说则阐述了"天无形质"的思想，认为天是没有形质的，七曜星辰均浮空，依靠气的作用而运动。它打破了其他宇宙论中认为存在一个有形质的天球的思想，在人类认识宇宙的历史上有极其重要的意义。

魏晋南北朝时期，又出现了三家宇宙理论，它们是昕天论、穹天论和安天论。昕天论是由孙吴太常姚信所创。他认为，天之体类人，南低北高。冬至太阳离人远，所以变冷，夏至太阳离人近，所以天热。穹天论是晋虞耸提出，其理论不出盖、浑两家所论。而安天论则是由晋虞喜据宣夜说而创。认为天高地深皆无穷，星辰运行，犹江海之有潮汐。

一直到西方现代天文学说传入以前，我国在宇宙理论上再没有大的突破。

的特性，是区别于作家文学的书面创作与书面流传的重要特征。传说也是依赖民众口头传承的一种文学样式，在人们用文字记载传说之前，它一直是通过口耳相传流传的文学。

二、集体性

集体性，是指集体创作、集体加工、集体流传、集体保存，为广大民众所共有的特征。起初民间文学作品都是群众口头创作完成的，虽然有些传说开始时是一个人创作的，但是随着流传的时间与空间的变化，在集体的参与下，最终使传说被加工成民众感情与智慧的结晶，无论是在思想内容上还是在艺术形式上都被广大民众熟悉和喜爱。

三、传承性

传承性，就是说民间文学作品在思想内容和艺术形式上有一定的传统模式，在流传、演变时显示出较强的稳定性，经不同时代、不同地域的人群传播而还能保持其基本面貌。我国的民间传说在人物和情节方面都遵循一定的传统模式，即使内容稍微有点改变，表达的主题、故事情节还是没

民间说书

有太大的突兀。

四、变异性

变异性，主要是指民间文学在时间和空间流传过程中发生的变异，从而产生异文的现象。随着时代发展，传说也在语言、内容、情节、主题、形象、结构等要素中不断变化。比如孟姜女传说，最初只是讲述孟姜女如何懂得礼法的故事，战国时增加了孟姜女善哭的情节，汉代增加了孟家女哭倒长城的情节，南北朝出现了范杞梁被迫修筑长城而死后尸体埋在长城边的情节，到唐代，孟姜女哭倒长城的情节框架基本定型了。这就是说，民间传说是不断变化的，并没有固定的文本，每一个讲述者都可以加入自己的东西，把自己的生活经验和对生

活的幻想加入到故事当中，这就是造成传说变异性的直接原因。

第三节　民间传说的艺术特征

一、民族与地域性

首先，传说具有民族性和地域性。传说一般是描述特定的民族色彩和地域特点的传奇故事，如刘三姐的传说，刘三姐唱的民歌都是带有广西地域色调的和代表壮族风俗的一种现象。一些影响深远的民间传说常与当地的风土人情相结合，并在流传过程中提炼加工而最终定型。在加工提炼的过程中，创作者或者根据现实的需

刘三姐塑像

要和切身的感受，使原有故事的情节更加曲折、生动；或者把同类的事情集中到一个人物身上，使人物形象更加丰满，不论采取什么样的方法都脱离不了创作者所处的地域文化色彩。

二、可信性

传说必须有一定的可信性。传说不但以真实的历史人物和事件或地方风物为依托，时间、地点、事件的基本情节一般也比较具体，并以现存的古迹、制度、风俗作为印证。我国历史悠久，风景名胜众多，不少历史人物和事件的传说，都依托于这些名胜古迹，无形中也就增加了这些传说的真实性。有时候，为了强调传说的真实性，讲述者甚至会宣称传说中的人物是他熟悉的或者间接认识的，地方是他曾经去过的，事情是他亲自看到或参与的，了解"内幕"。这样一来，他讲述起来就会有鼻子有眼，给人一种真实的感觉。

三、传奇性

传奇性是传说独有的叙述手法和艺术特点，指传说往往运用偶然、巧合、夸张等手法制造悬念，使情节曲折离奇，即在意料之外又在情理之中，产生引人入胜的效果。如孟姜女哭倒长城的传说。在人们常识里，孟

姜女怎么可能哭倒长城呢？这有很多的疑问，但是传说就是具有这么一层传奇的色彩，才能让传说更具有号召力和感染力。孟姜女传说是我国四大民间传说之一，它的传奇色彩就在于哭倒长城。本来孟姜女传说只是简单的寻夫故事，但是增加了哭倒长城这情节，那就大大不一样了，赋予了孟姜女神气，感天应地，连上天都同情孟姜女，索性帮助她也是一份善事。从孟姜女传说投射出民间传说的传奇性，不容置疑。

赵州桥

四、解释性

传说具有解释性。有相当多的民间传说是对客观事物和文化习俗的一种解释，借以说明这种事物的来历，介绍这项习俗的形成原因和过程。这类解释，一般并不具有科学性，而是一种艺术的联想，反映的是创造者的世界观、人生观、思想情绪以及社会的或者道德的理想等。以十二生肖的传说来说，它的具体来历几乎是无人得知的，于是就产生了各种各样的疑问，十二生肖的怎样来的？为什么人们讨厌的老鼠会占据"老大"的位置？为什么是这几种动物而不是其他动物？于是，关于十二生肖的一系列传说也就产生了。同样，赵州桥是怎样修起来的？为什么桥上会出现奇怪的车辙印和驴蹄印？于是，有关赵州桥的传说也就顺理成章地产生了。

第四节　民间传说有别于神话

一、民间传说与神话的联系

首先，民间传说与神话产生的历史时期比较接近，它们的历史关系十分密切。一部分上古时期的传说与神话是交融在一起的，可以说，在这一时期，传说与神话的界限是十分模糊

女娲造人的传说

言，传说与神话都是散文体的口述故事，都有着广泛而类似的传播者与听众。就上述三皇五帝的传说来说，其故事文本本身就来自于民间传说，以口述的形式流传于民间，其后才被史家采集进入历史。在它们流传的过程中，也是很难厘清哪是神话哪是传说的。

的，有些内容既可以说是传说，也可以说是神话。

比如，我国上古时期有关三皇五帝的传说，也一向被当作神话。三国时期徐整的《三五历经》中说，盘古开天辟地后，天已经很高了，地也已经很厚了，盘古也已经很老了，于是就出现了三皇。

我国古代一直就有把远古三个帝王和上古五个帝王合称为三皇五帝的传说，据说，秦始皇为表示其地位之崇高无比，就是采用了三皇之"皇"、五帝之"帝"构成"皇帝"的称号。但是，三皇五帝究竟是谁，各种记载中的说法，就有很高成分的"传说性"。

其次，就体裁特征和传播方式而

第三，传说和神话都具有超现实性的幻想。传说的人物和情节有一定程度的超现实因素。传说的故事追求传奇性，而许多传说效果是靠超现实性的魔幻情节来制造的。

神话的超现实性是神话的根本属性，否则也就不成其为神话了。而民间传说中的超现实部分，则是民间传播者为了增加故事的趣味性而进行的幻想性发挥。如朱元璋的传说中，这个被上天保佑的朱皇帝，不但能从其母亲的腋窝爬出来，而且刚出生就会说话，其后更能令山神为他打圆场。这充分反映出，民间是特别愿意为这个传奇皇帝杜撰出神性的。

知识小百科

传说中的三皇五帝

三皇五帝，是中国在夏朝以前出现在传说中的"帝王"。从三皇时代到五帝时代，历年无确数，最少当不下数千年。近代考古在中原地区发现的裴李岗文化、贾湖文化等，从7000年前至10000年前已经进入农业社会，其中出土的具有文字性质的龟骨契刻符号与约3000年前的殷商甲骨文有类同和相似之处。三皇五帝是中华上古杰出首领的代表。

基本上，无论是按照史书的记载，还是神话传说，都认为三皇所处的年代早于五帝的年代。大致上，三皇时代距今久远，或在四五千年至七八千年以前乃至更为久远，时间跨度亦可能很大；而五帝时代则距夏朝不远，在4000多年前。

具体三皇是谁，五帝是谁，存在多种说法。其中三皇的说法有：

燧人、伏羲、神农

伏羲、女娲、神农

伏羲、祝融、神农

伏羲、神农、共工

伏羲、神农、黄帝

第五种说法由于《古微书》的影响力而得到推广，伏羲、神农、黄帝成为中国最古的三位帝王。此外，汉朝的纬书中称三皇为天皇、地皇、人皇，是三位天神。后来在道教中又将三皇分初、中、后三组：初三皇具人形；中三皇则人面蛇身或龙身；后三皇中的后天皇人首蛇身，即伏羲，后地皇人首蛇身，即女娲，后人皇牛首人身，即神农。

五帝的说法有：

黄帝、颛顼、帝喾、尧、舜

庖牺、神农、黄帝、尧、舜

太昊、炎帝、黄帝、少昊、颛顼

黄帝、少昊、颛顼、帝喾、尧

二、民间传说与神话的区别

传说与神话仍能够找出显然不同的地方，尽管这些区别是人为划分的，主要表现在如下方面：

第一，传说与神话的主人公身份和属性不同。传说中的主人公，很多是基于历史上存在过的真人，其故事比神话更接近现实生活，故事中存在的超现实因素的内容是有限度的，不会占据主导地位。而神话的主人公是超人和超自然力量的神，其故事是

大禹治水画像

以神格为中心的，即是各种动植物人格化和各种社会生活力量神格化的结果。

第二，传说和神话所反映的社会现象和创作的思维机制不同。传说是以自觉或比较自觉的思维方式，讲述某一历史时代的具体人物或事件，有时代和地点的约束性。而神话则以一种不自觉的艺术思维方式把自然界和社会生活人格化、神灵化，从而曲折地反映人类史前时代的人与自然界的种种关系，具有全人类、全部族性。

第三，传说和神话的功能不同。传说所描述的是特殊历史时期的人物、事件及各种风物，具有鲜明的地方性、民族性，其内容具有一定的教育和娱乐功能。而神话的产生于原始信仰有密切的关系，它是祭祀人员在特定场合和时间里宣讲的，在远古时代的现实生活中能够发挥类似于法律那样切实有效的作用，具有神圣性和权威性。

从这一点来说，盘古开天与女娲

补天、以及众多的上古传说才更具有神话的性质。它们不但距离我们的现实生活比较遥远，而且反映的是历史的源流问题。因此，它们的传播更倾向于历史与文化的主流，像历史的正剧。而一般的民间传说，更倾向于民间的世俗生活，是一般老百姓的自娱自乐，"戏说"而已。

第五节　民间传说不同于历史

一、民间传说是历史的一种反映

民间传说都有一个基本的核心部分，也就是"传说核"，它可以是一个历史人物、历史事件，也可以是一个地方古迹或风俗习惯等。所有这些核心的部分都与历史撇不开关系，所以说，传说离不开历史。但传说并不是历史，历史只是传说的一个出发点、一道背景或者一个指向。

我们都知道，中国是一个注重历史的国家，历史史料非常丰富，从汉代司马迁的《史记》开始，我们有着系统的官方历史，涵盖了从黄帝到此时此刻五千多年的风风雨雨。而且，除了正史以外，各个朝代所保留下来的宫廷实录、皇帝起居注、稗官野史、地方志、文人杂记等辅助性的史料，更是洋洋洒洒，包括了人类社会的政治、经济、军事、文化、民俗等诸多方面，可谓资料丰富，似一出宏大的戏剧，被人们所陈记。而这些丰富的历史，也正是民间传说的起源之一。

另一方面，民间传说也从一个侧面抒写了历史，映衬着历史。比如，在文字出现之前，人类所有的知识和经验都是口头流传的，此时的历史与传说功能相同，历史就是传说，传说就是历史。

相传，在我国文字发明之前，最早的记事方式是结

骨雕

绳记事，但结绳毕竟不是文字，人们只能通过绳子疙瘩的大小来判断以往事件的大小，具体的事件还只能存在于一些人的记忆中，并通过他们的回忆与口述一代代地传递下去。而这种历史，也依然是一种口传历史。

后世的传说依然以历史为依托，但不是也不可能是如实全面的反映历史，否则也就不能称其为传说了。它们只是艺术性地反映了历史的某些方面，以生动有趣的故事形式，趣味性的描述或映衬了历史，重点还在于人们心目中的那个"传说核"，那个人们比较关注的历史人物或事件。

比如，秦始皇不但施行暴政，而且还"焚书坑儒"，老百姓咒他不得好死，于是就有了孔子预言秦始皇死于沙丘的传说：

秦始皇焚书坑儒后，仍觉不解气，便亲自到孔子的家乡曲阜，挖了孔子的墓葬。这一挖不要紧，简直就要了秦始皇的命了。原来，孔子早就料到死后会遭受秦始皇掘墓，并把这件事记录下来了：后世一男子，自称秦始皇，上我堂，跃我床，颠倒我衣裳，行至沙丘而亡。

自秦始皇见到孔子生前预言后，"沙丘"这个地方的阴影在他脑海里

秦始皇画像

总是挥之不去。离开孔子墓以后，当时正值酷暑曝晒的盛夏，御队好不容易来到一个林木茂密的村庄，李斯让御队停下歇脚乘凉。刚喂上马，支上灶，李斯从土著那里得知这里是"沙丘"属地，知道犯忌，便急命御队牵上马收起灶匆匆启程西行了。后来这村因秦始皇临幸便叫司（饲）马庄了。

始皇帝不时急切地从车里探出头，在司马庄村北，当他目睹飞快的车骑把路旁的一个小女孩踩死时，随口说："哎吆，我的儿啊！"之后，

庶民为攀龙附凤，把埋葬女孩的墓叫"公主坟"，遗址尚存；秦始皇老觉得御车跑得慢，问李斯："走过多少城了？"李斯深知始皇帝的急切心情，便安慰他："一百城了"。百是概数，城是指城与城之间的距离。现在的河北省广宗县"柏（百）城村"便由此得名。

当紧赶慢赶，赶到平台村一带时，始皇帝果然命归西天了，为这里留下了断饭庄、装椁地、晾尸台等遗存。"秦始皇紧走慢走，出不了沙丘"的传说至今在乡间流传。

二、民间传说有别于历史

秦始皇焚书坑儒的传说，虽然反映的历史部分是真实的，但民间传说的过程却与历史记载却有着很大的不同。

历史记载，在秦始皇三十四年，博士齐人淳于越反对当时实行的"郡县制"，要求根据古制，分封子弟。丞相李斯加以驳斥，并主张禁止百姓以古非今，以私学诽谤朝政。秦始皇采纳李斯的建议，下令焚烧《秦记》以外的列国史记，对不属于博士馆的私藏《诗》、《书》等也限期交出烧毁；有敢谈论《诗》、《书》的处死，以古非今的灭族；禁止私学，想学法令的人要以官吏为师。此即为"焚书"。第二年，两个术士（修炼功法炼丹的人）侯生和卢生暗地里诽谤秦始皇，并亡命而去。秦始皇得知此事，大怒，派御史调查，审理下来，得犯禁者四百六十余人，全部坑杀。此即为"坑儒"。两件事合称"焚书坑儒"。

而民间传说的"焚书坑儒"却要曲折有趣得多了：

秦始皇统一天下后不久，农民起来反抗暴政的斗争连绵不断。对此，秦始皇十分苦恼，于是他便打扮成商人的模样，悄悄溜出都城咸阳，去民间察访农民起来造反的原因。

这天晚上，弯月高悬，秦始皇住在王二客店里。星斗满天，客店庭院里有两个读书人，一边纳凉一边仰天观星，一边低声洽谈。秦始皇心中生疑，便伸着耳朵偷听，听不清这两个人在谈论什么。于是，秦始皇轻轻拉开房门，蹑手蹑脚地来到院里，只见一个身材略高的读书人双手背后，仰面观星，突然惊讶地对那个身体矮胖的读书人说："瞧，紫微星东移，皇上出京城了。"秦始皇不听则已，一听顿时吓得头上直冒冷汗，急忙躲到客店庭院一侧的牡丹花下，怕被这两读书人认出他来。这时，只见矮胖的读书人双手抱臂，抬头向天上瞅了一

会儿，对高个儿书生说："不要紧，皇帝出城，眼下有花王保驾哩！"秦始皇一听，赶快离开那一株牡丹花，躲进店王二的猪圈里。不料，那两个书生异口同声地惊呼："怪哉，怎么此刻皇上与猪同眠？！"秦始皇一听。心想：这些读书人这么厉害，我的行动，他们了如指掌，我今后的安全……秦始皇不敢往下想了，慌忙离

秦始皇塑像

开了王二客店，连夜逃回京城咸阳去了。

第二天，秦始皇便命人从王二店中把两个书生召进京城咸阳，安置在东华馆食宿。晚上，秦始皇扮作一名小吏，手提茶壶，来到东华馆侍候两个书生，借机故意问："二位高才，何人引荐，在此等候万岁？"两位书生一齐回答："万岁敕召，小人岂敢不来！"秦始皇又问："听说二位才高八斗，学富五车，星辰可以明龙颜，知盛衰，师承何人？"两位书生回答："承蒙夸奖，实不敢当，至于观星辰而知盛衰，那书本上说得清楚，不消小人班门弄斧。我等承蒙京师王翰林指教。"秦始皇听罢，嘿嘿一笑，就离开了东华馆。

秦始皇回到后宫，心想，看来这书本是个大祸根，倘若读书人都博学如此，我这江山岂能稳传于子孙万代！要除掉祸根办法只有一个——焚书。想到这里，他脸上露出得意的笑容。

又过了一天，秦始皇上朝，颁布了一条焚书命令：全国各地无论官

家民间务必在十日内将医、农之外的一切书籍，运来咸阳焚烧。凡抗拒不交者，杀头！这时，大夫徐襄出面进谏，言语未尽，只听秦始皇一声呵斥，降旨把徐襄革职为民，永不起用。朝臣一个个吓得面如死灰，只好遵命。

没过几天，各地方官员纷纷将秦始皇列举的所焚之书运到咸阳。在距咸阳40公里许的一个地方叫灰地坡，相传就是当年秦始皇焚书的地方。

秦始皇焚书之后，又派出两千人，到全国各地探听读书人对焚书反映。一发现哪个读书人有异议，立即捉拿，押赴咸阳正法。不到一月时间，从全国各地押来460人。为了儆戒其他读书人，秦始皇命兵士将这批读书人押解到咸阳东45公里处的洪庆堡，相传这里就是秦始皇坑儒的地方，过去叫洪坑，久而久之，人们叫转了音读成"洪庆"。

尽管民间传说中的历史人物与历史事件经过代代口传，被后人赋予了太多的臆想成分，但是，民间传说中的"传说核"一般都是固定的，所以，我们也是不难从民间传说发现其历史原貌的。

如上所述，传说和历史的区别也是多方面的。首先，两者反映社会的方法不同。历史记载强调秉笔直书，注重真实，而传说则可以夸张、虚构，通过幻想来增加故事的传奇性、趣味性。《三国演义》把诸葛亮描写成神仙一样的人物，就是因为作者吸收了大量的民间传说，而这些传说，已经把相对平淡的历史人物传奇化了。

其次，两者的取材角度不同。历史记载选取的是重要人物和重要史实，而传说偏好的是一般人感兴趣的

三国演义插画

人和事。老百姓一般不会对那些大人物的文治武功感兴趣，相反，这些人的一些轶事趣闻反而会成为街头巷尾的热点。

第三，历史记载是不便改变的，传说则可以在流传过程中进行人物和情节的变动。比如，历史上很多著名的建筑物，都是由历代能工巧匠完成的，这些人有的留下了名字，有的没有留下名字，但在传说中，这些建筑物很多都被说成是鲁班的杰作了。

总之，传说和历史有着一定的联系，但传说并不等同于历史，它反映的是民间老百姓对历史的一种认识，对历史人物的一种爱憎态度和对历史事件的一种评价。

中国古代十大女军形象

第六节　民间传说与民间故事

一、民间故事的基本特征

民间故事，是民间叙事散文作品的一种，也称"古话"、"说古"、"学古"、"瞎话"等。一般是以假托的过往之事加以编排，而非"崇古"式的"史话"。

作为文学体裁的一种，民间故事更加侧重于对事件过程的描述。强调情节的生动性与连贯性，因此，它也非常适合于口头讲述。民间故事的内容取材于现实生活而加以虚构，有的则是创造者幻想出来的，其主人公或有名有姓，或者无名无姓，甚至还可以是被拟人化了的动植物，不一而足。这些人物和事件充分展示了创作者的理想和愿望，正像列宁所说的，它反映了广大劳动人民的"心理和期待"。我们不仅从中可以看到前阶级社会人们的生活、习俗心理、信仰的遗留，而且还可以从后来的作品里看到当时作者所处时代人民的生活和理想。生动的民间故事的主要人物，往往能给读者留下强烈的印象。

广义的民间故事包括所有民间口头创作和传播的散文体叙事作品，包括我们已经提到的神话和传说。但

是，从狭义上来划分，民间故事仅指除神话、传说以外的那些具体现实性或幻想性的叙事性口头作品。

二、民间传说有别于民间故事

由于内涵不同，所以民间传说与民间故事在题材上也有很大差异。民间传说涉及国家民族的大事、阶级斗争、生产斗争、文化创造、杰出人物的贡献，以及家庭、婚姻、民间的风俗习惯等人民生活的各个方面。这些不同的方面规定了传说的不同指向，传说就是围绕这个指向来展开的。相比之下，民间故事就相对不重视这种指向性和规定性，介绍时间一般都用"从前"、"古时候"、"很久很久以前"等。介绍地点则用"有个村子"、"在某个山上"、"某条大河边"等。介绍人物则用"有个贪官"、"有个姑娘"，或者张三、李四等。对时间、地点、人物的介绍都是含糊的、泛指的，并不追求故事的真实性。

不同的题材又造就了民间传说与民间故事不同的创作特点。民间传说在故事情节和人物塑造两方面都有显著特色。在故事情节上主要表现为具有"传奇性"。所谓传奇性，是指故事情节首先必须基本上具有生活本身

的形态，故事发展基本上合乎生活的逻辑；同时又把生活素材加以剪裁、集中、虚构、渲染、夸张、幻想，通过偶然的、巧合的，以至"超人间的"情节来引起故事的转变。使故事情节的发展既在情理之中，又出乎意料之外；既给人以真实感又比较曲折离奇。

传奇性是传说流传的一个重要条件。民间传说刻画人物大都采用粗线条的手法，强调人物思想性格的一个方面，因此形象单纯明朗，比较突出，能给人留下鲜明的印象；传说中常常通过夸张和渲染把英雄人物理想

化。民间故事兼有神话和寓言的创作特色，不注重故事情节是否与现实生活的联系。它虽然也来源于生活却远远高出现实生活，仅仅反映一种生活的本质。在民间故事的创作中大都采用"三段结构法"，人物、情节、语言基本定型，常用夸张、拟人、巧合、对比等手法，用简单的基本定型的故事情节和个性化的语言来表现性格单纯的各类人物。

民间传说的创作与流传往往具有地域性。民间故事的创作与流传虽然也带有一定的地域性，但是地域文化对民间故事的影响要比它对民间传说的影响要弱得多。虽然同一则民间故事在不同地区流传时有时也有变异，但这种变异毕竟微乎其微，故事的基本内容、人物的基本性格是不会发生变化的。这一点可能与民间故事反映社会生活、表现人物性格的概括性有关。例如长工和地主故事，虽然在不同的民族流传过程中会有服饰、语言上的变化，但故事情节、人物性格是基本不会变化的。

第二章
中国民间传说的产生和发展

第二章　中国民间传说的产生和发展

民间传说作为民间文学的一种题材，源自于社会生活，是形形色色生活现象与思想文化的反映。具体来说，传说的产生有神话的人性化、历史的世俗化、世俗生活的传奇化、传统文化的趣味化这四条基本的途径。它的产生和发展是一个相辅相成的过程。

千百年来，我国流传着丰富多彩的民间传说，并与老百姓的生活方式紧密地融合在一起，它们娱乐了一代又一代的人，教育了一代又一代的人，也把我们民族的传统文化与历史习俗一代代传承下来。

民间传说之所以能源远流长，是因为其具有与众不同的功能与价值，它的生产方式总与老百姓的生活息息相关，同时，它也是人们生活娱乐的消遣方式。随着时代文明程度的不断加深，民间传说以不同的传播方式流传于人间，并不仅仅局限于人们的口耳相传，而是采用了当代先进科学技术加以加工、锤炼、挪移到了电视电影的屏幕上。

第一节　神话的人性化解释

一、神话向民间传说的演变

在人类生活的早期，神话就已经产生了，那时的人们把神话当作是讲述真实发生过的事情，在氏族、部落内部传播，用以解释自己的起源、历史和生活现状。此时的神话与上古时代的信仰、仪式相结合，具有一定的真实性和神圣性。随着社会文化的发展，脱离了信仰和仪式之后，人们不再把神话当做神圣故事，而是把神话中主角的神性转化成人性，神格转变成人格。民众对神话倾注自己的情感，添加了越来越多的现实生活内容，使之人性化，赋予人的精神，于是逐渐转变为我们现在知道的传说。

二、西王母神话的演变

我国很多早期神话都有一个转变为传说的过程。比如在我们熟知的西王母，在《三海经》中，她的神职是掌握自然灾害和五刑残杀，是一个人兽合体、性别不明显的神。此神住在昆仑山附近的玉山，长着人面、虎躯、豹尾，头发蓬乱，一副凶神恶煞的形象。

但到了《西游记》中，西王母则转变成了一位尊贵、典雅、庄重的母后形象。在《牛郎织女》传说中，神话中的顶级人物西王母，深受民间"门当户对"世俗思想的影响，竟转变为一个刁蛮的世俗丈母娘形象。

以下这则传说，几乎将西王母的神性剔除殆尽，让她转变成了一个期盼子嗣承业的世俗妇女形象了：

传说，在很早很早以前，天上的王母娘娘在宫中虽过得很舒服，却整天闷闷不乐。为什么呢？常言道："人人都有一本难念的经"，她有件事儿一直不顺心。想当初，她生了第一个孩子是闺女，曾高兴的了不得，生了第二个是闺女，也是娘的心头肉。等再看到第三个、第四个都是女孩时，王母娘娘可就不高兴了——盼儿子啦。没有儿子谁来继皇位呀！为了要儿子，王母娘娘一憋气一连生了七个，可七个都是丫头，还是难得一子。为这事愁得她饭水不思，彻夜不眠，整天唉声叹气。

北魏王母宫石窟中的王母形象

后代西王母形象

一天，玉皇大帝陪着王母娘娘下凡到人间散心，来到龙门峡万仞天关之上，站在山顶向下眺望，那真是"两山壁立青霄近，一水中行白练飞"。玉皇赞到："好一个人间仙境啊！"王母娘娘哪里有心思赏景，撅着嘴站在一边只是闷闷不语。玉皇大帝知道她的心事，忽然想起何不让她去找如来佛传授生儿子之道呢。他把这个想法对王母娘娘一说，王母娘娘也很同意，于是立刻架起祥云跑到西天，找到如来，说道："我屡生闺女，难得一子，还望大仙传授生子之道。"如来想：你已生七个女孩，还

想要儿子，岂不乱了天规。他灵机一动：我何不略施小计，让她用投石法碰碰运气，于是便对王母娘娘说："龙门天关小溪流东侧一百步开外，有一块立儿石，生男生女须向石孔掷三块石子讨问。如果三块石子全都投中即时有男有女；如果有两块落入，就是只生男不生女；若是只有一块投中，那就只生女不生男；如果一块也不能投中，便是无男无女，为'绝户之命'。"王母娘娘求子心切，听了这话便急步返回。这时如来佛用手指一点，在野三坡的龙门天关的小溪河东侧，立刻突出了一块几千斤重的大

石头，在石上方凹下一个很浅很浅的长方形石坑。王母娘娘踮着脚后跟，按着如来佛的话向石坑投石。第一快石子没投中，第二块石子连石坑边也没有碰着，幸好第三块石子落入石坑。王母娘娘心情沉闷，站在龙门天关最高处的望儿岭上，仰天哀叹："我求儿不得，只好把希望寄予女儿们身上了！"

后来，野三坡一带的人们每到正月十五，新婚夫妇便成双结队的来到立儿石前，投上三颗石子，求儿盼女，就这样形成了一种风习，一只传到现在。

另一位被民间大肆改造的神是轩辕黄帝。黄帝是我国神话传说中地位仅次于天帝的一位男神，统领着天下一万多个诸侯，其中七千个是神灵。据说他长有四张脸，可以随时眼观四路，耳听八方。但到了春秋时期，随着神话的跌落人间，黄帝身上的神话光芒也开始暗淡下来。比如，子贡就曾经以"黄帝四面"的问题请教于孔子，而孔子的解释是：黄帝选择了四位德行与自己相似的人，让他们来治理天下四方。由此也可以看出，儒家特别是孔子是主张无神论的。

除了西王母、黄帝之外，中国其他古代神话人物，如伏羲、女娲、祝融、共工、尧、舜、禹、嫦娥、后羿等，也都经历了一个向传说人物转变的过程。

知识小百科

传说中的中国道教尊神

道教是中国土生土长的宗教，其历史可以追溯到远古时期。道教中的神，大多指在天上有专门的职务的一类，而且这些职务通常是由人间的帝王封赐的。仙，大多是由人修道而成的，他们常常没有专门的职务。道教尊神主要包括：

三清神：玉清真人元始天尊，座下有九圣；上清真人灵宝天尊，座下有九真；太清真人道德天尊（即太上老君、老子），座下有九仙。

四御：又称为四辅，玉皇、地祇、南极和北极仙翁，为三清神的辅助神。其中南极仙翁掌管有关神灵，北极仙翁掌星宿，主人间兵戈之事。另外还有一位真武大帝，辖天下武将，即三十六天罡，七十二地煞。

第二节　历史的世俗化演绎

一、历史的世俗化要求

我国的历史资源是非常丰富的，而且人们喜欢在茶余饭后评价历史人物，谈论历史事件。他们会根据自己的喜好把历史人物或者历史事件朝着好的方面修饰，对自己厌恶的人物朝着坏的方面丑化。在这一世俗化过程中，原本枯燥沉闷的历史，变成了有声有色的传说，也让历史中的人物和事件增加了一层神奇的色彩。

比如，人们喜欢诸葛亮这个人物，就把他描绘成智慧超群、忠君爱民、清廉高雅的人物。在诸葛亮的传说中，他未出茅庐已经能够预言天下三分的大势。赤壁之战他不但巧用火攻，又借来东风，火烧曹操战船；在与周瑜斗智的过程中，他处处料事如神，竟然把周瑜活活气死。在讨伐孟获时，他七擒七纵，最终让孟获心服

诸葛亮

口服地归顺了蜀国。他巧设八阵图吓退东吴百万雄兵，发明木牛流马运送军粮，还使用很多锦囊妙计让蜀国大将打了很多胜仗。

从这些世俗化的描述中不难看出，人们把历史人物神奇化，夸张化了，所叙述的事情也是超现实的，随之历史的传奇化就成为了造成传说形成的途径之一。不可否认，历史小说《三国演义》就是因为大量采用了这类民间传说，才会如此脍炙人口。

二、从正史到民间"历史"

传说最容易从老百姓喜闻乐见的历史人物和事件中产生，还容易滋生在那些缺乏文献记载的历史人物和事件中。史官所能记载的是历史的主流，更因"为圣者讳"的局限，大量的细枝末节甚至是核心内容，都被舍弃在滚滚历史洪流之外。作为文献记载空缺的补充，人们常常根据某些传言、某些遗迹，对历史进行追溯，创作出一系列富有传奇色彩的故事，来解释它的来历。

当然，史料特别是一些宫廷实录内的内容，民间老百姓是难得知晓的，这也为民间传说的产生提供了契机。比如清朝第一位皇帝顺治的出生与死亡记录，因为史料的不得公开，

也就成为了一般老百姓猜测和热议的关注点，于是有关民间传说也就顺理成章地生成了。

清顺治皇帝像

以下就是有关顺治出家的一则传说：

福临三岁登极当了皇上，就是顺治皇帝。因为朝中大事，都由他的叔父摄政王多尔衮料理，顺治过得倒也轻闲自在。十几岁以后，他开始亲理朝政。千件万件的军国要事，弄得他晕头胀脑；左一宗右一桩的皇族内部纠纷，也使他伤透了脑筋。他真想躲得远远的，过几天清静舒心的日子。

一天，退朝以后，他心烦意乱，就化装成一名普通百姓，骑马出城，直奔西山而去。在山坡一座大庙的山门上，写着一闲诗，引起了他的注意。仔细一看，写出的是：朝臣待漏五更寒，铁马将军夜度关。山寺日高僧未起，算来名利不如闲。下款署名是"山中散人"。

顺治从头到尾念了一遍，觉得诗虽然写得不算文雅，可是讲的道理发人深省。在返回皇宫的路上，他还一句一句的品味，越思越想，他觉得山僧的生活倒是很不错的。顺治回到宫中，吃罢晚饭，早早就睡觉了。

第二天，日出三竿了，文武大臣在金銮殿前等了一个时辰，还不见皇帝上朝。有人推开皇帝寝宫的宫门，喊了几声："万岁爷"，也没有人回应。龙床上缎被叠得整整齐齐，皇上却不见了。后来人们在书案上发现一张纸，压在茶杯底下，纸上写着四行字：我本西方一衲衣，为何生于帝王家？天下万事纷纷扰，不如空门补破衲。纸是宫中的宣纸，字是皇上的手迹，这四行诗分明是说：皇上看破红尘，不愿意再当皇帝，远离京城，遁入空门去了。

皇后听说皇上出走的消息，哭得死去活来，她要派人赶快四处寻找。但是，天下的寺庙有千千万万，到哪座庙里去找皇上啊！还是皇后细心，她从皇上题诗中的"西方"二字，推想出皇上出家的庙宇，不在西山就在山西，反正是在京城以西。于是就派出两支人马，一支到山西五台山，一支到北京的西山，去寻找当今皇帝。

但是他们踏遍了上千座山峰，搜过了几百座古寺，连顺治皇帝的人影也没看见。朝廷没有办法，只好按顺治留下的诏书规定，由他的第三子玄烨继承了王位，这就是康熙皇帝。

顺治皇帝到底哪儿去啦？他还真是出家当了和尚，他自从离开了皇宫，就来到西山的一座古庙里。这座山，因为每夜子时常有几朵红莲花开放，就叫红莲峰，山腰里的那座寺庙就叫红莲寺。顺治在红莲寺里专心修行，饿了就采摘山中的野果吃，渴了就喝老爷泉的清水，困了就倒在石榻上睡上一觉，生活虽然清苦，但是再也不会遇到皇宫里那些叫人心烦的事了。

不巧，有一天一个孕妇路过红莲寺山门时，摔了一跤，在门洞里小产了。顺治怕修行得来的佛性让妇人的血污冲跑了，就离开红莲寺，来到十

几里外的白莲峰上的白莲寺。他在这里更加苦修苦炼，每天鸡叫就起身，抱起一块大石头，从山顶滚到山下，再从山下抱到山顶。这样不知往返多少次，也不知度过了多少个寒暑，顺治的脚累肿了，手磨破了，滴滴鲜血染红了山坡，终于把那块大石头磨成了一个碗口大的石球，顺治的佛性也修炼成功了。

顺治皇帝炼成真佛，坐化在白莲寺，人们管这座肉胎佛爷叫"魔王老爷"。顺治修行时鲜血染红的那道山坡，当地人叫它"老爷坡"。因为他在坐化时没有割断凡心，一直歪着头朝紫禁城那边看。

这则传说看似荒诞不经，但也不是空穴来风，因为顺治皇帝确于佛家有缘。据清宫档案记载，顺治14岁时外出打猎，曾会见过一位在石洞中默默修炼了9年的"别山"禅师，顺治对其佩服得五体投地，特在京城西苑为他辟出一处"万佛殿"，供其前来修身。"别山"却仅仅入宫作了礼节性拜访后，又飘然而去，回他的山洞去了。这使顺治感动不已，思想渐渐超乎尘世。另外，顺治过早暴毙，又传其陵中为空棺，都为其出家的传说奠定了基础。

第三节　现实生活的传奇化

一、现实生活的传奇化要求

民间传说是对现实生活的反映，而反映社会生活的方式是想象的和艺术的。人们按照自己认为合理的想象，把源自于现实生活中的传说加以加工、锤炼，增添一些富有故事性、思想性和文化内涵的内容，使传说越来越具有感染力和艺术性。于是就诞生了具有很美妙艺术特色的民间传说。

郑板桥的竹石图

32

二、传说中的郑板桥形象

郑板桥是一位为官清正、执法严明、惩恶扬善的文人父母官，他身上的这种文人气质与清正形象，就为民间传说的产生打开了方便之门：

郑板桥任职范县期间，鼓励生产，仅用了两三年时间，就把县境内治理成一派安居乐业的太平景象。这一天，东乡大集，郑板桥一身秀才打扮，带了笔墨纸砚，骑上小毛驴，由一名衙役陪伴，去重操旧业——卖字画。当然，卖字画是个幌子，私访民情才是真正的目的。

郑板桥

郑板桥来到集市上，铺好地摊，展纸泼墨，立时，围上来不少人观看。毕竟是穷乡僻壤，看的多，买的少。却见一位老汉，拿起一幅牛画，左看右看，上看下看，看了半天，看得眼角都湿润了。郑板桥以为碰到了知音，便问："老兄，你喜欢这幅吗？给个价吧，多少都行。"

老汉说："画得真像，像我家的那头牛。看着这牛画，我想到了我的卖牛钱。秋后，我合计着把牛卖掉，换点活钱，趁农闲季节做点小买卖，明春再买一头牛。那天卖牛卖了五贯钱，回到村头遇到了'雁拔毛'，他说儿子结婚用钱，非借我那五贯钱不可，等儿子办完喜事收了礼账就还我。待他儿子婚事办完，我去要钱，他却翻脸不认账，向我要证人，要借条，两样都没有啊，我只好打掉门牙往肚里咽，自认倒霉了。"说完，用手背擦了擦眼泪。

旁边一位青年忙对郑板桥解释，这老伯姓王，为人老实厚道，人称"王老实"。讹他钱的那人姓燕，为人奸滑，好沾便宜，是个雁过拔毛的主，所以外号叫作"雁拔毛"。其他人也你一句、我一句地说起了雁拔毛沾小便宜的一些传闻。

郑板桥听了众人的话，心里便有了主意。他对王老实说："把我这牛画买了吧。别看现在是张画，这头牛会长，长到这张纸放不下它的时候，它就会从纸上跑下来变成活牛，而纸上又有了一头小牛，还会继续长，还会变成活牛，如此反复，不知会衍生多少头牛呢？我只要你一头牛钱。你

若不信，我可以赊给你，待十天后牛变活了，再给我钱，如果牛不变活，我情愿白送你一头牛钱。"

王老实对卖画秀才的话并不真信，但是人家情愿赊给自己，变不成牛还倒贴钱，这样的好事哪里找去啊。所以，他就痛快地把牛画拿走了。

王老实买了一幅牛画的事传遍了三村五里，好热闹的人都到他家瞧稀

奇。正如卖画秀才所讲的，这画上的牛一天比一天大，到了第十天上，那牛大得要撑破纸边了。第十一天，天刚蒙蒙亮，人们便来到了王老实家，一进院门，就见王老实正给一头又肥又大的黄牛喂料呢。再看屋里贴着的那张画，上面又有了一头小牛。正当人们纷纷称奇的时候，雁拔毛挤出人群，对王老实说："王大哥，你既然有了牛，就把那幅牛画卖给我吧。"

王老实到底老实，他说："行。卖画秀才赊给俺的，说是牛变活后给他送钱去，我还没去哩，你直接送去吧，让秀才给你写个收据，回来便给你那幅牛画。你到城里找那座最大的府门，门口有两只狮子，秀才姓傅叫谋关。"

雁拔毛来到县城，找到了县衙门——这是县城里最大的府门，向把门的问"傅谋关"，把门的听说找"父母官"，就领他去见郑板桥。郑板桥收了他的牛钱，给他写了收据，把他打发走了。雁拔毛还寻思：这秀才八成是个大官哩。

雁拔毛跟王老实要了那幅牛画，恭恭敬敬挂在了正堂。每天烧香上

供，偏偏不见牛儿长。他去找王老实，王老实说："你还是去找傅谋关吧，因为我没收你的钱。"

雁拔毛问："傅谋关八成是个大官吧？"

"父母官，就是咱的县太爷啊！"

雁拔毛惊得出了一身虚汗，他哪敢去找县太爷算账啊？他嘴里喃喃道："怪我没福，我没福，画中的牛在你家长，在我家不长，怪不得县太爷。"

原来，郑板桥那天从东乡赶集回来，又画了九张牛画，画面上的牛儿

换一幅。第十天，郑板桥又拿出五贯钱让衙役去集上买了一头牛，趁夜黑人静送到了王老实家。这样做的目的就是引诱财迷心窍的雁拔毛上套。果然不出郑板桥所料，雁拔毛乖乖地送来了五贯钱，王老实被讹去的一头牛钱被讨了回来。

民间传说中，源于这种现实生活的传说数量最多，故事情节也最为鲜活、有趣，故事的主人公往往都是那些在民间较有影响的清官、巨富、文人雅士以及江湖游侠等，故事也无外

兴化郑板桥纪念馆

35

与文人雅趣。

第四节　传统文化的趣味化

一、传统文化的传播方式

传说是一种文学形式，是对现实生活的反映，也是对现实各种文化制度的反映。任何一种文化制度都有着悠久的历史，难以探究其真正的源头，所以人们为了满足后人的好奇心，通常编造一个故事来解释现存制度是如何形成的，于是就产生了解释文化制度来历的民间传说。

鞭炮

几乎每一项古老的文化制度都有着解释性的传说，比如，我们过年都是要放鞭炮的，这是过年最有代表性的民俗活动之一。现在我们当然知道，放鞭炮的前身是燃爆竹，就是通过燃烧竹子，让其发出"噼噼啪啪"的声响。但是，为什么过年时要燃放发出巨大声响的"爆竹"呢？这个问题也就谁也说不清楚了。于是，有人就编织了一个故事来解释这一习俗，这个故事，也就是有关"年"的传说了。有关节庆礼仪方面的传说很多，比较著名的如元宵节、端午节、中秋节、灶神节等。每个节日有每个节日的习俗，而这些习俗也都会有不同的传说来解释它的来历与合理性。

二、关于"年"的传说

"年"的传说版本很多，仅录一则如下：

相传，中国古时候有一种叫"年"的怪兽，头长触角，凶猛异常。"年"长年深居海底，每到除夕才爬上岸，吞食牲畜伤害人命。因此，每到除夕这天，村村寨寨的人们扶老携幼逃往深山，以躲避"年"兽的伤害。

这年除夕，从桃花村外来了个乞讨的老人，只见他手挂拐杖，臂搭袋囊，银须飘逸，目若朗星。乡亲们正扶老携幼上山避难，谁也没注意到这位乞讨的老人。

只有村东头一位老婆婆给了老人些食物，并劝他快上山躲避"年"兽，那老人却捋髯笑道：婆婆若让我在家呆一夜，我一定把"年"兽撵走。老婆婆惊目细看，见他鹤发童颜、精神矍铄，气宇甚是不凡，但想到"年"兽的凶暴，仍然不敢相信老人的话。

老婆婆继续苦口婆心地劝说老人快点离开，乞讨老人却只是笑而不语。婆婆无奈，只好撇下家，上山避难去了。

到了半夜时分，"年"兽大模大样地闯进村，发现村里气氛与往年不同：村东头老婆婆家，门贴大红纸，屋内灯火通明。"年"兽浑身一抖，怪叫了一声，随即狂叫着向婆婆家扑过去。将近门口时，院内突然传来"噼噼啪啪"的炸响声，"年"兽浑身战栗，再不敢往前凑了。

原来，"年"最怕红色、火光和炸响。这时，婆婆家的大门打开，只见院内一位身披红袍的老人在哈哈大笑。"年"大惊失色，狼狈逃窜了。

第二天是正月初一，避难回来的人们见村里安然无恙，十分惊奇。这时，老婆婆才恍然大悟，赶忙向乡亲们述说了乞讨老人的许诺。乡亲们一齐拥向老婆婆家，只见婆婆家门上贴着红纸，院里一堆未燃尽的竹子仍在"噼啪"炸响，屋内几根红蜡烛还发着余光。欣喜若狂的乡亲们为庆贺吉祥的来临，纷纷换新衣戴新帽，到亲友家道喜问好。

这件事很快在周围村里传开了，人们都知道了驱兽的办法。从此，每年除夕，家家贴红对联、燃放爆竹；户户烛火通明、守更待岁。初一一大早，还要走亲串友道喜问好。这风俗越传越广，成了中国民间最隆重的传统节日。

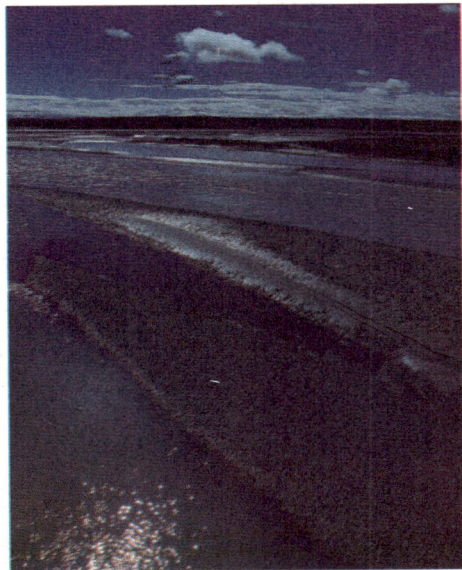

我国的春节习俗

春节是我国一个古老的节日，也是全年最重要的一个节日，如何庆贺这个节日，在千百年的历史发展中，形成了一些较为固定的风俗习惯，有许多还相传至今。

扫尘："腊月二十四，掸尘扫房子"，我国在尧舜时代就有春节扫尘的风俗。按民间的说法：因"尘"与"陈"谐音，新春扫尘有"除陈布新"的涵义，其用意是要把一切穷运、晦气统统扫出门。这一习俗寄托着人们破旧立新的愿望和辞旧迎新的祈求。

贴春联：春联也叫门对、春贴、对联、对子、桃符等，它以工整、对偶、简洁、精巧的文字描绘时代背景，抒发美好愿望，是我国特有的文学形式。每逢春节，无论城市还是农村，家家户户都要精选一幅大红春联贴于门上，为节日增加喜庆气氛。

对联

贴窗花：在民间人们还喜欢在窗户上贴上各种剪纸——窗花。窗花不仅烘托了喜庆的节日气氛，也集装饰性、欣赏性和实用性于一体。窗花以其特有的概括和夸张手法将吉事祥物、美好愿望表现得淋漓尽致，将节日装点得红火富丽。

倒贴"福"字：在贴春联的同时，一些人家要在屋门上、墙壁上、门楣上贴上大大小小的"福"字。春节贴"福"字，是我国民间由来已久的风俗。"福"字指福气、福运，寄托了人们对幸福生活的向往，对美好未来的祝愿。为了更充分地体现这种向往和祝愿，有的人干脆将"福"字倒过来贴，表示"幸福已到""福气已到"。

挂贴年画：在城乡也很普遍，浓墨重彩的年画给千家万户平添了许多兴旺欢乐的喜庆气氛。年画是我国的一种古老的民间艺术，反映了人民朴素的风俗和信仰，寄托着他们对未来的希望。

守岁：除夕守岁是最重要的年俗活动之一，守岁之俗由来已久。除夕之夜，全家团聚在一起，吃过年夜饭，点起蜡烛或油灯，围坐炉旁闲聊，等着辞旧迎新的时刻，通宵守夜，象征着把一切邪瘟病疫照跑驱走，期待着新的一年吉祥如意。

放爆竹：中国民间有"开门爆竹"一说。即在新的一年到来之际，家家户户开门的第一件事就是燃放爆竹，以哔哔叭叭的爆竹声除旧迎新。

拜年：新年的初一，人们都早早起来，穿上最漂亮的衣服，打扮得整整齐齐，出门去走亲访友，相互拜年，恭祝来年大吉大利。春节拜年时，晚辈要先给长辈拜年，祝长辈人长寿安康，长辈可将事先准备好的压岁钱分给晚辈，据说压岁钱可以压住邪祟，因为"岁"与"祟"谐音，晚辈得到压岁钱就可以平平安安度过一岁。

春联

第五节　民间传说的现代化

一、民间传说的时传时新

从民间传说的产生机制来看，民间传说是老百姓对不太了解的或非常感兴趣的历史人物和事件以及地方风物的幻想式解释，也就决定了民间传说的时传时新与不断生成。

因为历史是不断产生的，人们对历史人物和事件有一个从不甚了解到完全解密的过程。在此过程中，人们不断地接受来自各层次的传闻，经过整理、虚构，甚至是曲意误解，再到形成一定的传播范围，新的民间传说也就生成了。于是，历史发展到今天，民间传说也发展到了今天。

以现当代人物和重要事件以及地方风物为"传说核"的民间传说层出不穷，比如红军长征的传说、八路军抗日的传说、解放军将领传说、政治伟人的传说等，当然也有不少是反面的，如蒋介石与上海青红帮大佬的传说、重庆渣滓洞的传说，以及林彪、四人帮的传说等。

新时期以来，文学艺术界对古典

民间传说展开了大规模的收集、整理工作，形成了大量的民间传说作品集及研究成果，为我国民间传说的继承和发展奠定了基础。特别是改革开放以来，随着媒体传播的快速发展，民间传说故事也被大量搬上了电影电视屏幕。比如《天仙配》、《刘三姐》、《柳毅传书》，以及近年来大量上映的《新白娘子传奇》、《宝莲灯》、《远古的传说》、《康熙微服私访记》、《宰相刘罗锅》、《铁嘴铜牙纪晓岚》等，都直接采用了民间传说作为蓝本，或以民间传说的叙述模式来表现历史人物，使民间传说的继承和发展又有了新的空间和平台。

一代伟人周恩来

二、周恩来总理的传说

新中国成立后，我国的内政外交都出现了前所未有的新局面，周恩来总理运筹帷幄，留下了许多脍炙人口的传说。特别是总理逝世后，为了缅怀他，这些传说更是大范围地传播开来。

在日内瓦会议期间，一个美国记者先是主动和周恩来握手，周总理出于礼节没有拒绝，但没有想到这个记者刚握完手，忽然大声说："我怎么跟中国的好战者握手呢？真不该！真不该！"然后拿出手帕不停地擦自己刚和周恩来握过的那只手，然后把手帕塞进裤兜。这时很多人在围观，看周总理如何处理。周恩来略略皱了一下眉头，他从自己的口袋里也拿出手帕，随意地在手上扫了几下，然后——走到拐角处，把这个手帕扔进了痰盂。他说："这个手帕再也洗不干净了！"

有一次，周总理应邀访问苏联。在同赫鲁晓夫会晤时，批评他在全面推行修正主义政策。狡猾的赫鲁晓夫却不正面回答，而是就当时敏感的阶级出身问题对周总理进行刺激，他说："你批评得很好，但是你应该同意，出身于工人阶级的是我，而你却是出身于资产阶级。"言外之意是指总理站在资产阶级立场说话。周总理只是停了一会儿，然后平静地回答："是的，赫鲁晓夫同志，但至少我们两个人有一个共同点，那就是我们都背叛了我们各自的阶级。"

外国记者不怀好意问周恩来总理："在你们中国，明明是人走的路为什么却要叫'马路'呢？"周总理不假思索地答道："我们走的是马克思主义道路，简称马路。"

美国代表团访华时，曾有一名官员当着周总理的面说："中国人很喜欢低着头走路，而我们美国人却总是抬着头走路。"此语一出，话惊四座。周总理不慌不忙，脸带微笑地说："这并不奇怪。因为我们中国人喜欢走上坡路，而你们美国人喜欢走下坡路。"

美国官员的话里显然包含着对中国人的极大侮辱。在场的中国工作人员都十分气愤，但囿于外交场合难以强烈斥责对方的无礼。如果忍气吞声，听任对方的羞辱，那么国威何在？周总理的回答让美国人领教了什么叫做柔中带刚，最终尴尬、窘迫的是美国人自己。

一位美国记者在采访周总理的过程中，无意中看到总理桌子上有一支美国产的派克钢笔。那记者便以带有几分讥讽的口吻问道："请问总理阁下，你们堂堂的中国人，为什么还要用我们美国产的钢笔呢？"周总理听后，风趣地说："谈起这支钢笔，说来话长，这是一位朝鲜朋友的抗美战利品，作为礼物赠送给我的。我无功受禄，就拒收。朝鲜朋友说，留下做个纪念吧。我觉得有意义，就留下了这支贵国的钢笔。"美国记者一听，顿时哑口无言。

周总理设宴招待外宾。上来一道汤菜，冬笋片是按照民族图案刻的，在汤里一翻身恰巧变成了法西斯的标志。外客见此，不禁大惊失色。周总理对此也感到突然，但他随即泰然自若地解释道："这不是法西斯的标志！这是我们中国传统中的一种图案，念'万'，象征'福寿绵长'的意思，是对客人的良好祝愿！"接着他又风趣地说："就算是法西斯标志也没有关系嘛！我们大家一起来消灭法西斯，把它吃掉！"话音未落，宾主哈哈大笑，气氛更加热烈，这道汤也被客人们喝得精光。

第三章

中国民间传说的价值与教育意义

第三章　中国民间传说的价值与教育意义

　　民间传说是丰富我国文学史料的现成材料，在社会生活中发挥的作用不容忽视，它不仅可以给我们美的享受，还可以教化社会成员，从而对社会和谐稳定发展起到积极的作用。

　　首先，民间传说具有重要的历史价值，以客观实在物为中心构建的民间传说，寄寓着民众对各类历史人物或历史事件的评价，是他们历史观点、历史情感的重要载体，因此人们常将民间传说称作"口传的历史"。

　　其次，民间传说具有较强的实用功能。作为民众生活文化重要组成部分的民间传说，不仅以它特有的方式保存民众的历史，而且在大力发展旅游事业的今天，民间传说仍然能够发挥着重要作用。

　　再次，民间传说有利于我们深刻理解乡土文化和民族精神。具有浓郁地方特色的民间传说叙述人物、刻画景物、解释风俗，传说质朴纯真、充满着乡土气息，讲述运用方言土语，极富韵味，将沉寂的历史山水描绘得灵光四射，使民众在传说的字里行间自然升腾出热爱故园的乡土情结。

　　民间传说是历史的见证物，但时代赋予了它不同的意义。人类的文明不断进化，传说已成为网络、传媒的一种时尚商品，比如《梁山伯与祝英台》、《白蛇传》《牛郎织女传说》、《孟姜女传说》四大传说，被人们加工为娱乐网络节目，可以说这也是别样的民间传说。相信这些传说会永远流传于人世，因为传说是一部老百姓的历史，也是时代的缩影，见证着历史的沧桑岁月。

第一节　民间传说的历史价值

一、填补历史空白

从民间传说的实际内容来看，它的历史真实性很不一致，它表现为纯属虚构的传说，如牛郎织女的传说等；虚实结合的传说，如孟姜女的传说等。那么，我们又如何去评价民间传说中真真假假的历史呢？从中国民间传说总的情况看，民间传说的历史价值体现在民间传说可以填补历史记录的空白，这一点在原始社会和当今无文字的民族中表现得尤为突出。

民间传说自然并不都是信史，民间传说采用艺术手法，将民众对历史的认识、评价、爱憎编织成具有传奇性的作品，因此我们看待民间传说的历史真实性时，不要拘泥于细节记录的真实，而应重视这些口头文学作品所反映民众的历史情感，把它看作是民众精神史、心灵史的真实记录。

二、纠正历史谬误

民间传说可以纠正历史记录的谬误。历代史官站在统治阶级立场，常常将农民起义领袖的正义斗争进行歪曲的记录，比如《资治通鉴》将黄巢污蔑为"盗贼"、"匪寇"，而在民间流传的赞扬黄巢的传说就纠正了历史记录的谬误。

史书上说，公元874年，王仙芝在河南长垣起义，拉开了唐末农民战争的序幕。山东冤句人黄巢率众响

《黄巢起义》连环画

应。那么，黄巢在哪里起义响应呢？没记载，而传说中黄巢起事的地方是在石岛湾宁津镇西山的西南寺。

黄巢家境不富，但有一身好武功。年轻时，跟人在宁津东墩一带贩盐。那年，赶上大考，黄巢在好哥儿们的撺掇下，到京城长安赶考，没想到中了个武状元。当时，皇帝要把公主嫁给他。黄巢出身低贱，相貌也长

得丑，公主整天哭哭泣泣，皇帝也觉得别扭得慌。几天之后，黄巢武状元的名子硬生生地被皇上划掉了。

黄巢一怒之下，跑出长安，来到宁津，在西山的西南寺见到贩盐的哥儿们。哥儿们得知详情后，都说皇上无道，干脆反了罢。黄巢还真想造反，就去找西南寺的柳和尚。

柳和尚原本是个秀才，几次科考不但没捞个官儿坐，还把家产抖落个净光，便出家西南寺当了和尚。俗话说，"当一天和尚撞一天钟"，柳和尚撞钟归撞钟，心里可想着寺外的事。久而久之，柳和尚就同黄巢混热了。

在黄巢的眼里，柳和尚是个顶尖有文化有智谋的人，盐贩子都称柳和尚是"柳军师"。黄巢找到柳和尚，把起义造反的事告诉他。柳和尚极力赞同，最后，决定阴历五月初五端午节"造反"。造反时，要"血刀祭旗"。"血刀"就是杀得人越多越好，"祭旗"就是用血把白布染成红色，作红旗举。这样，脚踩红，头顶红，红红火火反唐朝。据说，老辈儿没有白糖，有红糖。"唐"同"糖"音，也代表红色。

不过，能掐会算的柳和尚，掐来算去，"血刀祭旗"的第一个人都是个"柳"。可宁津这一带除了柳和尚以外，再没有姓柳的。黄巢心里明白，柳和尚不能杀。一来柳和尚是他的老师和好朋友，二来造反后出谋划策还需要"军师"柳和尚。想来想去，黄巢出章程：端午节那天，让柳和尚早早躲起来，躲到没有人看见的

地方，黄巢随便找个人杀了。

端午节这天，天还没有亮，柳和尚便起来找地方藏身，可是左找不放心，右找还不放心，找来找去，日头快出来了，柳和尚急忙跑出西南寺，一抬头看见寺门口那棵百年朽柳，老柳树洞中间烂一个大洞。柳和尚心想，好，干脆钻树洞里躲着吧！

柳和尚藏在柳树洞里。不大一会儿，约定起义的人来了，有两千来人。西南寺盛不下，黄巢便把他们招呼到西南寺门口，讲了几句起义的话，抬眼看见寺门口的老柳树，心里忽然亮堂了："柳和尚"不是告诉我要"血刀祭旗"吗？还说"血刀祭旗"离不开"柳"，我今天何不刀斩老柳树祭旗！

于是，黄巢挥刀用力，"咔嚓"一声，老柳树劈开了，柳树里的柳和尚也"啊"的一声分成两半。黄巢心里非常难过，长叹了一声："柳和尚呀柳和尚，你算来算去，都没有逃脱血刀祭旗这一劫呀！"

为了纪念柳和尚，黄巢就以柳树枝作为记号，竖起了造反的大旗。

第二节　民间传说的审美价值

一、表达善恶观念

传说是民众共同创作的集体性文学作品，传说中的人物、情节和结局，都是按照老百姓的好恶和意愿加工完成的，附和人们的心理要求。

在现实生活中，老百姓总是会遭受到这样那样的无奈、屈辱、不幸和苦难，无法把握自己的命运，于是他

们就通过虚构的传说故事，来表达对生活的期待。

在这类传说中，坏人、恶人在传说故事中是没有好下场的，不是被奚落、惩罚，就是被正义之士杀死，尽管在现实生活中，总是好人吃亏，坏人占便宜。而那些生性善良的人们，总会得到正义和神灵的眷顾，让他们找到生活的曙光。

二、秃尾巴老李的传说

在我们很多地方都流传着秃尾巴老李的传说，尤其在山东、东北一带，这条不得不离开家乡寻求生存的孽龙，和大批为生计所迫不得不离开家乡的民众联系起来，赋予热爱家乡、关怀乡亲的可贵品质。

很久很久以前，在山东莒县寨里河北李家村，有一对夫妇，人到中年膝下无子。一日，夫妇二人在田里耕作，突然电闪雷鸣，下起倾盆大雨，二人躲避不及，被淋得全身透湿。没几日，妇人觉出自己怀孕了。生产之时（据说是在四月初五，有说是六月初六），丈夫带着接生婆回到家里，只见床前一滩血，妇人已死。在房梁上盘着一条青蛇，此蛇见风就长，农夫大骇，挥锄一劈，把蛇的尾巴劈了下来。那蛇腾空而起，直上云天。农夫第二天将妻子埋葬，一连三天大雾不止，人们听到坟地里不时有呜呜啼哭之声。三日后大雾退去，大家发现农夫妻子的坟墓已筑成了小山，坟前鼻涕一大滩，周围像被碌碡滚了一样。于是有老人说："农妇生下的不是蛇，是一条青龙。它感生育之恩，来为娘守坟三天。"后有人作梦，梦见此青龙被众仙戏称之为"秃尾巴老李"。

因为秃尾巴老李少了尾巴，被安排在离海近的山东负责降雨。它勤于职守，把个山东治理得不旱不涝，风调雨顺。一次，它为了把雨降得又细又匀，飞得很低很低的，结果在莒县刘官庄镇的李家楼被产妇的血光激

"秃尾巴老李"

了下来。人们看到此龙五丈有余，粗如石磨，只有半截尾巴，认定是秃尾巴老李，便纷纷担水为其润身。后来东南方向一团黑云漂来，降下大雨，秃尾巴老李借雨腾空而去。

秃尾巴老李特别关照山东人，被歹龙视作偏心，并联名上告。后来秃尾巴老李被调到白龙江。当时镇守白龙江的是一条白龙，此龙习惯于在此作恶，便不肯与秃尾巴老李调换，于是在江内同秃尾巴老李进行了一场广为流传的大战。当地百姓已知秃尾巴老李的品德，并憎恨白龙的凶残及不务正业。所以在大战时，有白浪滚来，大家纷纷往江里扔石灰，当黑浪滚来时，纷纷往江里扔馒头。

在百姓的帮助下，黑龙最终战胜了白龙，并在白龙江一直待了下去，于是大家从此改称这条江为黑龙江。秃尾巴老李特别想念山东人，只要得知哪条船上有山东人，它便会一路护航，使其平稳渡过。直到现在，有船要渡黑龙江，必先问一声："有山东人吗？"如果回答说有，艄公便起锚开船，就是在有风浪时，船也会稳稳

秃尾巴老李的传说

地渡过；如果没人应答，艄公就要等一会，直到有山东人。后来就是没有山东人，人们也应答说有，只要说有，船就会确保平安渡过。

白龙败到山东后，把这方的百姓视为仇人，尤其是对龙尾村。自白龙来后，龙尾村十年九旱。秃尾巴老李对白龙的行为无可奈何，于是便从东海，为龙尾村的父老通了一处海眼，并置两尊石龙把守。此海眼现仍在龙尾村的东侧，无论天有多旱，无论用水量有多大，此海眼永不干涸。两尊石龙，栩栩如生。同时，秃尾巴老李又把海眼东部其父劳动时所饮用的龙泉、其母劳动时所饮用的龙母泉以及它常出入的龙须泉全部连接了起来，使此四个泉里的泉水无论多旱常年有取之不尽的水。

第三节　民间传说的实用价值

一、构成地方文化平台

民间传说一般以地方性的人文景观、名人遗迹、山川胜景等作为传说的核心，这些本来就是地方旅游的主要资源。围绕传说核心的故事，使静态的客观实在物更具有了飞动的灵性，使逝去的历史人物依然徜徉在地方风物之间，使民众由现实追寻到遥远的过去，增强人们对生活的热爱。

民间传说，作为一个文化平台，对社会发展的作用是显而易见的。比如山东蓬莱，就是一个因民间传说而兴起的一个地方，更是一个因民间传说而兴起的旅游城市。也可以说，蓬莱就是一个传说中的城市。关于蓬莱的民间传说众多，而这些民间传说已经成为了这座新兴旅游城市的最大财富。

二、有关蓬莱的传说

最早的蓬莱传说是关于"蓬莱、方丈、瀛洲"三座仙山的，它们是当年秦始皇、汉武帝东巡访仙求药、祈求长生不老的地方，也是蓬莱神仙文化的源头。

战国时期，神仙学说盛行，方士们把人们都不明白的海市蜃楼现象加以渲染，说成是海中的神山，山上有长生不死药。这样的神仙之地，像秦始皇、汉武帝这种有神仙情结的大人物是一定要去看看了，于是也就引领了历代帝王及其他人士寻访的热潮，各种民间传说也就开始批量生产了。

蓬莱最集中的民间传说是关于八仙的。蓬莱是八仙的大本营，有一

飘渺的蓬莱山

个传说似乎暗示了八仙传说产生的真正缘由。说的是当年沙门岛是流放犯人的地方，朝廷每年配给犯人的粮食是个定数，而岛上的犯人却不断增加，粮食明显不够吃，看管犯人的守卫便将超出定量人数的犯人一批批扔进大海。一些犯人不甘死于非命，便

趁晚上避开守卫，抱着木头、葫芦等浮具跳进大海游向蓬莱。途中，多数犯人丧命，到蓬莱后只剩下了八人。蓬莱的渔民们见他们形貌古怪，又得知他们是借助木头等简单的浮具渡海而来，便以为是神仙降世，于是一传十，十传百，就演绎成后来的八仙过海故事了。

当然，流传更广的八仙成仙的传说要比这要复杂得多，有趣得多。八位神仙际遇各不相同，但殊途同归，最后成为一个神仙小集体，离不开后人的不断虚构和创造。而八仙与蓬莱的关系，也通过一系列的传说最终确定下来：

相传，有一次，八仙在蓬莱阁上聚会饮酒，酒至酣时，铁拐李提议乘兴到海上一游：众仙齐声附合，并言定各凭道法渡海，不得乘舟。汉钟离率先把大芭蕉扇往海里一扔，坦胸露腹仰躺在扇子上，向远处漂去；何仙姑将荷花往水中一抛，顿时红光万道，仙姑伫立荷花之上，随波漂游；随后，吕洞宾、张果老、曹国舅、铁拐李、韩湘子、蓝采和也纷纷将各自宝物抛入水中，借助宝物大显神威游向东海。

八仙的举动惊动了龙宫，东海龙王率虾兵蟹将出海观望，言语间与八仙发生冲突，引起争斗。东海龙王乘八仙不备，将蓝采和擒入龙宫。八仙大怒，各展神通，上前撕杀，腰斩两个龙子。虾兵蟹将抵挡不住，纷纷败下海去，隐伏水底。八仙则在海上往

观音菩萨

危急时刻，曹国舅的玉板大显神通，只见他怀抱玉板头前开路，狂涛巨浪向两边退避。众仙紧随在后，安然无恙。四海龙王见状，急忙调动四海兵将，准备决一死战。正在这时，恰好南海观音菩萨经过，喝住双方，并出面调停，直至东海龙王释放蓝采和，双方罢战。

八位仙人拜别观音菩萨，各持宝物，兴波逐浪邀游而去。

蓬莱的传说还有很多，比如铜井的传说、磨盘街的来历传说、苏东坡访八仙的传说等，都为这座城市增添了无数的神秘色彩，也为她留下了丰

来叫战。东海龙王请来南海、北海、西海龙王，合力翻动五湖四海水，掀起狂涛巨浪，杀奔众仙而来。

知识小百科

八仙的来历

"八仙"一词的出现，要比铁拐李等八仙早得多。大约在汉、六朝时已有"八仙"一词了。它原是汉晋以来神仙家所幻想的一组神仙。盛唐时也有过"饮中八仙"，他们是李白、贺之章、李适之、李琎、崔宗之、苏晋、张旭、焦遂。另外还有"蜀中八仙"，即容成公、李耳、董仲舒、张道陵、庄君平、李八百、范长生、尔朱先生。至明代吴元泰所撰《八仙出处东游记传》和汤显祖《邯郸梦》问世，才认定汉钟离、铁拐李、张果老、吕洞宾、何仙姑、蓝采和、韩湘子、曹国舅八位仙人，一直相传至今。

吕洞宾名岩，号纯阳，晚唐关西河中府永乐县人。他屡试不第，整日为自己怀才不遇而苦恼，后隐居终南山修道。在民间传说中，他是一位集"剑仙"、"酒仙"、"色仙"、"诗仙"于一身的放浪形骸的神仙。

铁拐李又称李铁拐，其名甚多。传说他于华山寻到与自己同姓的道教鼻祖李耳，受其点化而成仙。太上老君李耳带其游历诸仙山，临行前嘱其徒弟杨子守住他的肉身，约定七日不返方可焚化。岂料守到六日，杨子家人告急，其母病危，遂焚化李玄肉身而去。待李玄随老子游历归来，

"铁拐李"

已不见自己的尸身，却遇一饿殍之尸倒卧山中，情急之下，只好将自己的游魂附于饿殍之尸，因此而变成蓬首垢面袒腹跛足的乞丐模样，世人也因此唤他作"铁拐李"。

汉钟离姓钟离，名权。据称是汉代钟离子，因此民间又称之为"汉钟离"。传说他的父亲是东汉的大将钟离章，在他出世之时，就伴随着一股仙气，只见异光数丈如烈火，如同一个仙人下凡。因出身将门，被视为虎子。后来果然在朝中成为一员武将。适逢匈奴扰边，他奉命领兵征战，却大败而归。此时人们才认识到，将门未必出虎子。他无颜于世，便进入深山，恰遇一位东华道人，传授真秘诀，将他度化成了神仙。

蓝采和原名许坚，唐朝人，因他唱歌时多以"踏踏歌，蓝采和"，人们便称他为蓝采和。传说他是赤脚大仙降生，身虽为人，却不昧本性，放荡不羁，玩游一世。

韩湘子本名韩湘，是唐代大文学家韩愈的侄孙。八仙中的韩湘子并非此人而是韩愈的族侄。但后人把这位族侄的故事附会在族孙身上，并尊之为"韩湘子"。韩湘子给人的印象最深的是他未卜先知的本领，他所预测之事，尔后皆都应验。

张果老原名张果，因其长寿，最百岁，所以世称张果老。传说他是宇宙混沌时期的白蝙蝠，因受天地之气，得日月之精，历岁久远，化而为人。后隐于恒州中条山，接受铁拐李等仙人的论道说法，往来汾晋之间，长生不老。

曹国舅原名曹佾，广东人，宋仁宗的大国舅。他虽出身贵族，却天资聪颖，纯洁善良，不贪富贵，酷慕清虚。曹国舅深以其弟作恶为耻，觉得无颜面对世人，遂出家进山修道。在山中他遇到钟离权和吕洞宾，二人教他还真秘术，引他入了仙班。

何仙姑原名何秀姑，广州增城县人，是八仙中唯一的女仙。生下来时紫云绕室，头顶有六根长毫。唐武则天朝，家住云母溪。十四五岁时，梦中得神人指示，从此每天吃云母粉，果然身轻。常往来于山谷中，行走如飞，朝去而暮归。到景龙年间，由铁拐李引导，大白天里升仙而去。

富的旅游资源。

第四节　民间传说的娱乐价值

一、文化艺术的丰富土壤

艺术之感受，在于其能够让人们愉悦、舒畅、振奋，使人感到和谐、轻松、圆满、快慰，让人产生心旷神怡的享受感。传说中的故事总是有着曲折的情节、传奇式的人物，人们在茶余饭后、工作闲暇之际，听人讲述传说故事，可以调整情绪，慰藉心灵，得到艺术的享受。

特别是在电影电视及现代媒体产生之前，人们的文化娱乐方式相对单调，老百姓能够接触到的，大约也就有戏曲、曲艺以及民间说书等文艺节目了。而如上这些民间文艺作品的故事蓝本，也大多是一些民间故事和民间传说，或者由这些故事和传说形成的文学作品。

越剧《柳毅传书》改编自唐代传奇《柳毅传》，而这个故事就是由民间传说而来的。

此传说一说是起源于湖南洞庭，有"柳毅井"以及供奉柳毅的"洞庭王庙"等遗物；一说是起源于山东潍坊寒亭区，有柳毅山，山上也曾有很

越剧《柳毅传书》剧照

多与柳毅相关的遗迹，如柳毅读书处、柳毅祠、柳毅桥、海眼等。据当地考证，柳毅桥下的河就是柳毅父亲当年背人过河并接受玉帝考验的那条河，柳毅山上的海眼喷涌出来的是淡水，可惜的是因1964年修水库，海眼被埋了。这些古迹有些现在已经无处可循了，但在地方志上都有所记载。

二、柳毅传书的传说

故事发生在唐朝高宗皇帝时期。一位来自湘乡的书生柳毅，赴京城长安参加科举考试落榜。返乡时，他取道泾阳想与在那里的朋友话别。途中他经过一处荒凉无人的郊外，遇见一位姑娘正在孤零零地放羊。

这位姑娘容貌非常美丽，但衣装粗简，满脸憔悴，神情格外凄苦。柳毅觉得好生蹊跷，经过询问，原来这位姑娘是他的乡亲，是洞庭湖龙王的爱女。她遵从父母的安排，远嫁到这里，做了泾河龙王的儿媳。然而，丈夫终日寻欢作乐，对妻子薄情寡义。龙女无法忍受这般虐待，不断诉求抗争。但公公婆婆袒护儿子，非但对龙

湖南洞庭"柳毅井"与"传书亭"

女不理不睬，反而百般刁难并役使她在荒郊放牧。面对洞庭万里迢迢，长天茫茫，龙女欲诉无门，欲哭无泪。她请求柳毅帮她送书信到洞庭家中。柳毅非常同情龙女的不幸遭遇，慨然允诺前往洞庭龙宫。

柳毅怀揣书信兼程赶路，来到洞庭湖畔。他按照龙女的指点，找到一棵大桔树并叩树三下，果然从碧波间冒出虾兵蟹将。经他们揭水引路，柳毅进入龙宫，将龙女托书亲手转交给了洞庭龙王，并述说了龙女的悲惨境况。

龙王得知女儿受难，非常伤痛。龙王的弟弟钱塘君，是个性情开朗、刚直勇猛、疾恶如仇的人。他一听说侄女在夫家遭受欺辱，顿时大怒，立刻凌空而去，诛杀了泾河逆龙，救出了龙女，使骨肉重新团聚。

龙女深深地爱上了见义勇为的柳毅，钱塘君也希望玉成美事。但柳毅是个正直的书生，他当初送信救龙女完全是基于义愤；来到龙宫，面对数不尽的奇珍异宝也不为所动，没有任何贪财恋色的个人企图。所以当钱塘君在酒宴后逼婚时，他虽也有爱慕龙女之心，但克制了私情，晓以人间正义，毅然拒绝。

柳毅告别龙宫后，性情温顺善良的龙女面对他的拒绝没有气馁。她饱尝过包办婚姻带来的痛苦和折磨，所以不再依从父母又一次为她安排的婚配，依然执着坚定地追求自己的幸福。在柳毅的妻子亡故后，龙女化做民妇来到鳏居孤独的柳毅身边，与他结为夫妇，直至他们的孩子出世才道出真情。柳毅被龙女的一片深情所感动，从此心心相印，过上了恩爱美满的幸福生活。

而潍坊寒亭的传说还有如下内容：柳毅其父叫做柳行芳，虽然贫困却多行善事。甚至玉帝也听闻其事，并派人来试探柳行芳行善真假，测试结果颇令玉帝满意，于是令天禄星下凡，使命中无子的柳行芳在五十岁得子。

第五节　民间传说的教育意义

一、表现大众心理

民间传说的教育意义首先体现在它所表达的民间伦理观念和情感愿望

"平民天子"沈万三

上，通过对这些观念和愿望的宣扬，达到教育周围人的作用。比如，江南首富沈万三的传说，就充分表现了这一点。

劳动人民的小生产者地位决定了他们的传统观念就是要发家致富。当他们中间有人能摆脱贫穷的命运脱颖而出时，按照他们的宿命论观点，必然认为有神灵暗中保佑，或者相信命运的安排使他遇到许多奇迹。沈万三就是这样一个人物。

沈万三，原名沈富，浙江南浔人，自小机智聪明。传说他父亲沈佑靠捏粉玩具为生，在南浔买了几间房子和几亩土地，种田兼经商。家里缺少人手，沈万三停学帮助父亲看店，打打算盘记记帐，年纪轻轻早出道，成了一个很能理财的生意人。

有一年新茧上市，沈佑收购到几十担新茧，就差沈万三带了个伙计到盛泽去转手倒买，赚一笔钱。盛泽是著名丝绸产地，人口很多，集市繁华。镇上有好几家妓院，为那些买茧客商夜里享乐提供方便。涉世未深的沈万三，被人拉到彩船上吃酒赌博，

一夜工夫，卖茧得来的银子输得精光。

沈万三身无分文回到南浔。伙计一见沈佑，就一五一十讲了原由。

沈万三

沈佑气得胡子发竖，将沈万三捆绑痛打，逐出家门。沈万三就此落难，到处流浪乞讨度日。

临近年关，他来到昆山千灯镇，这时家家户户都宰鸡宰羊忙着过年。他走近一户人家，还没开口要饭，忽然门开了，从里面扔出一堆鸡毛来，正落在脚跟前。沈万三一看，不能吃，不能卖，气得要命。可是，一大把色彩艳丽的公鸡毛吸引了他，他猛

然想起了父亲早先的手艺行当。于是，他就收拾起鸡毛，并用泥土来代替面粉，心灵手巧地制作出了几件泥雀鸡，一下就被孩子们买走了。

沈万三有了活命的办法，就在千灯制卖泥玩具度日。三春的一天，沈万三到镇外的一个泥塘边挖泥，发现有个农民在捕捉青蛙。他上前劝阻说："青蛙是保护庄稼的神物，不可随意捕杀，赶快放掉吧。"这个农民瞪了他一眼说："我懂！可是眼下青黄不接，家中断吃缺喝，只好捕杀青蛙卖了过活！"

沈万三掏出了一把卖泥玩具得来的钱，交给农民说："这些青蛙就卖给我吧！"农民接过钱，把一串青蛙交给了沈万三，当即被他全部放回池塘。当天晚上，沈万三梦见几个青衣人向他作揖说："谢谢你救了我等性命，日后定当报答大恩大德。"

又过了几天，沈万三到汤家滨卖泥玩具，看见个老人扳罾网，扳来扳去，网网落空。沈万三觉得奇怪，上前说："老阿爹，我来试试看。"他手气好，扳了三次，次次有鱼。可是，第四次却扳到了一只泥瓦盆，盆

里还有几只青蛙，"呱、呱"地叫个不停。他将罾网往外一透，连盆带蛙抛入水中。第五罾扳起来，谁知网里还是老样子：一只泥瓦盆，盆里几只青蛙。老人说："把盆留下来吧，做个鸭食盆。"于是，沈万三把泥瓦盆

聚宝盆

捞起来，交给了老人，告辞离开。

老人住在一条破鱼船上，身边有一个十八岁的孙女张秀英一起生活。孙女按照老阿爹的吩咐，抓了几把谷子放进泥瓦盆喂鸭。谁知鸭子还没有吃，盆里的谷子一下变得满满的，越变越多，淌了一船艄。秀英惊慌得要赶紧喊老阿爹过来看个究竟。老人从谷堆里取出泥瓦盆，端详了好久，看不出个子丑寅卯。这当儿正好沈万三

卖完泥玩具路过这里，老人一眼认出了他，捧着泥瓦盆上岸拦住说："小伙子，怪了怪了，谷子放到盆里怎么会变多呢？"

沈万三随手将卖掉泥玩具得来的几枚铜钱放进盆里。一眨眼，泥瓦盆变出了满满一盆铜钱。沈万三、老人和秀英顿时看得发呆，异口同声说："我的天哪，这是个聚宝盆哇！"

"沈万三进献聚宝盆"雕塑

有了聚宝盆，三口子也就变了一家人。老人见沈万三眉清目秀，聪明勤快，就招他做了孙婿。一家子守口如瓶，用金子、银子放在聚宝盆里，变得金银实在没处藏了。有道是：家有黄金外有秤，瞒得了初一，瞒不了十五。传出去不太平。于是商量着寻找一个不为外界注意的地方，隐居起来过幸福生活。主意拿定，三人载着一船金银，沿着吴淞江往南摇呀摇，经过几番选择，来到周庄镇东垞村，发觉这里偏僻，交通闭塞，简直与世隔绝，就此定居下来。

在中国，特别是江南汉民族中的民俗，聚宝盆即为镇宅之宝，是财富的象征。"聚宝"即是善于敛财，往往是勤俭持家或者勤俭节约联系在一起的，只有这样才能使财富生生不息。"聚宝盆"也是这种品德的象征。

在传说中，聚宝盆最初总是落到勤劳者的手中，而且这位勤劳者又是极聪明善良的，他在某一方面的能力总是超群的。传说里的沈万三正是这样一个人物。后来，他从一般的助人为乐，发展到支援农民起义，从一般的造桥铺路，发展到重金修筑南京城。在人民群众眼里，他虽然拥有聚宝盆，但不是一个为富不仁的乡里恶棍，欺压百姓的富豪劣绅，而是农民眼中的理想人物。

聪明的人会从沈万三这一历史人物身上得到许多启发，特别是在民

间传说中，他曲折地反映出人们的理想愿望、心理状态、思想感情，有非常深刻的内涵。这些民间传说虽然受时代的局限，反映的是小生产者的意识，但只要我们能理解当时生活贫困状态中的劳动人民对发家致富的强烈向往，也就瑕不掩瑜了。

二、弘扬传统观念

"善有善报、恶有恶报"的情节模式对社会大众的警示、劝诫和引导作用，也是非常明确的。传说中的人物一般都能简单地分为"好人"和"坏人"两类，"好人"就是符合民间伦理观念的良善、忠孝、勤劳、清廉之人，"坏人"则是那些邪恶、叛逆、懒惰、贪婪的人。好人行善，最终会得到幸福，坏人作恶，必然后得到报应，是传说中常见的情节。诸葛亮与司马懿同窗的故事就属于这种类型：

东汉末年，朝政腐败，天下大乱。诸葛亮和司马懿的老师是个极有才学的人，不愿意在朝里当官，隐居在僻野山林，一心想教出几个好学生，将来好安邦定国，拯救天下百姓。诸葛亮和司马懿的父亲都和这位老师相好，各将自己的孩子托付给了他。这两个孩子聪明伶俐、勤奋好学，又得老师悉心指教，因此他俩的学业进展很快，不相上下。

这位老师有一部奇书，是先人秘

传。这书里天文地理、行兵布阵、定国安民等奇策，样样俱全，谁得到了它就能干一番惊天动地的大事业，是天下第一奇书，因此人们又叫它"天书"。这位老师年逾花甲，膝下又无一男半女，为此就打算把此书传给一个心爱的学生。可两个学生究竟传给谁呢？因为当时诸侯割据，群雄纷争，要是传错了人，岂不误国害民，违了自己的心愿。因此老师一直犹豫着，没有决定究竟传给哪个学生，却更细心地观察着两个学生的品德志向。诸葛亮和司马懿也都知道老师有一部奇书，都很想得到这部书，为此也都更加殷勤待师，苦学苦读，以求老师喜爱，赐赠奇书。

一天，老师领着他俩到房后的小山头上，指陈山川地理、行兵布阵之法。对面的山崖上有个樵夫在砍柴，不慎跌下了山崖。师徒三人一见同吃一惊。老师猛一闪念，继续不动声色地讲述。司马懿也就安然地听着。可诸葛亮却飞步跑下山坡，扶起受了重伤的樵夫，察看了伤势，迅速在周围找了几样草药，嚼碎后敷在伤口上，又把自己的衣襟撕下来，扎好了伤口。这时，老师若有所悟地点了点头，才领着司马懿下山，帮助诸葛亮把樵夫送回了家。

又过了一段时间，诸葛亮接到

第三章

一封家书，说是他父亲病重，想让他回家去看看。诸葛亮随即含泪辞别了老师学友，匆匆回家去了。归家不久，父亲就去世了。他含悲忍痛，细心料理了父亲的丧事，才回到老师的身边。说来也巧，几天以后，司马懿也接到一封家信，说是他母亲病重，思子心切，想让他回家见一面。可司马懿怕他走后老师把奇书传给诸葛亮，就推三推四回了一封信，终于没有回家去。老师叹息地摇了摇头，心里也就暗暗地拿定了主意。

一个多月后，老师偶感风寒病倒了。两个学生守在床前，煎汤熬药，细心照料。怎奈老师年迈体弱，病势越来越沉重了。一天，诸葛亮出外给老师挖草药，司马懿在床前侍候。他见老师昏迷不醒，就偷偷溜进老师的书房，东扒西找，终于找到了一个小箱子，他偷着打开一看，果然是那部奇书。正在这时，听到老师在喊他，他来不及细看，心想，老师近来更偏爱诸葛亮了，要是等下去，这部奇书肯定到不了自己手里。无毒不丈夫，此时不走更待何时？他没理老师的呼喊，偷偷地背起箱子逃跑了。

等诸葛亮采药回来，老师睁开了双眼，让诸葛亮把自己扶下病榻，揭开下边的夹层，取出一个黄包袱，双手交给诸葛亮，又深情地看了诸葛亮一眼，轻声嘱咐道："我死后，房尸同焚，速走他乡。"说罢，就安然地闭上了双眼。

诸葛亮遵照老师嘱咐，忍痛烧了房子和老师的尸体，背起黄包袱，立即归家，随叔父到了南阳，隐居在隆中，潜心攻读起来。

再说司马懿逃回家里以后，打开箱子细看盗来之书。翻到后边一看，只见上面写着四句话："定国须爱民，尽孝奉双亲，两者皆相悖，怎做传书人？"这才知道盗来的原来是部假书。他恼羞成怒，随即带人赶到老师的住地，谁知这里早已变成一片瓦砾了。

在这则传说中，传播者几乎将历史的因素全部抹去，只保留了一个诸葛亮与司马懿比优劣的故事核，将其植入了一个世俗的同窗故事中，以忠孝、仁爱的传统伦理思想为坐标，让诸葛亮与司马懿一比高下，其中，老百姓的喜好也是不言自明的。

叶雄·三國演義人物譜

司马懿

司马懿

第四章

中国民间传说的类别

第四章　中国民间传说的类别

　　根据内容的不同，中国民间传说大致可分为人物传说、史实传说、风物传说和习俗传说几种类型。

　　人物传说指向某个特定的历史或神话宗教人物，围绕这些人物展开故事情节，叙述他们的事迹，解说他们的影响，刻画人物形象。

　　人物传说又可以进一步划分为历史人物传说、神话宗教人物传说、巧匠名医传说、文人雅士传说等。这些人物一个总的特点是，在他们身上有着与其他人不同的特质或特殊经历，因而为民间所热议，有关传说也就顺理成章地产生了。

　　史事传说是以一定的历史事件为中心，而不是以人物为中心，来展开故事情节的。围绕一个特定的历史事件产生出一批民间传说，分别从不同的侧面、不同的角度来对这个历史事件做出发生原因、发展过程、冲突高潮最后结局等方面叙述，从而以老百姓口头叙述的方式反映这个历史事件，表达老百姓对这个历史事件的评价。

　　史实传说包括战争史实传说、政治史实传说和民间生活史实传说等，这些传说也牵制到一定的历史名人，在传说的核心以一定的史实为主，老百姓关注的是这些曲折迷离的历史而非个人，表现出的是老百姓对历史和现实生活的一种态度和观点，尽管在这些传说中，需要一定的人物来引导故事。

　　民间风物传说的产生原因，源于大自然的神奇性以及人们与身边的动物、植物、食物与生活器物的亲密感情。

　　民间风俗传说，是解释各种风俗习惯及其来历的传说，包括各民族节日习俗、人生礼俗、游艺习俗等方面。

第一节　中国民间人物传说

一、帝王将相传说

在历史上能留下重大影响的人物，当然要首推各朝各代的帝王将相们了。如秦始皇、汉武帝、诸葛亮、清官包拯等，都是老百姓热衷议论的人物。但这些历史人物在民众心中的地位却是不一样的，英雄豪杰会千古流芳，奸臣暴君则遗臭万年。

明朝开国皇帝朱元璋

在我国历史上，朱元璋可说是出身最为卑贱的一位开国皇帝了，有关他的故事非常多，其出身身世的传说也最为人所乐道：

少年时期的朱元璋，因为家贫，只得给有钱人家放鹅过活。可东家对他特别苛刻，每每不让吃饱。少年朱元璋又特别能吃，每次赶着鹅群都是饿得头昏眼花。一日，实在饿得挡不住了，他便邀来几个小伙伴商量把东家的鹅杀了吃掉。小伙伴们有些害怕，但朱元璋力主杀鹅，经不住鹅肉的诱惑，伙伴们便三下五除二，把一群鹅全杀了吃掉了。到了晚间，要赶鹅回家，没有了鹅怎么办？朱元璋对着天上飞舞的鹅，一声吆喝，天鹅乖乖地落地听调，朱元璋是天子嘛。第二早上，东家嫌鹅叫吵人，一边叫朱元璋起床，一边打开鹅笼将鹅先行放出，结果可想而知，鹅一出笼振翅全飞了。

鹅是放不成了，东家改让朱元璋放牛，可挨饿依然如故。一日，朱元璋又故技重演，把牛杀了吃了。吃了鹅可以赶天鹅回家，吃了牛怎么办？无计可施的朱元璋只得把牛头塞进前一座小山包子的石缝里，再把牛尾巴塞进后一座小山包子的石缝里，然后对着牛头小山喊到：牛啊牛，有人来拉你就叫啊，不管拉头还是拉尾你都叫。

空着手的朱元璋跑回家报告东家，牛钻进了山缝里去了，被夹在了两山之间拉不出来了。东家不信，随朱元璋来到前山，果见牛头夹在山缝中，提缰拉牛，牛"乜乜"地叫，就是不动；再转到后山，又见牛尾夹在石缝中，一扯牛尾，依然听到牛头"乜乜"地叫。这是因为朱元璋有天子之份，山神听调前来救驾。东家当然不知其故，叫苦不迭又无可奈何，只得把这个小放牛的赶走了事。

如今，在朱元璋的老家安徽凤阳，被称为"牛头山"和"牛尾巴山"的两座小山包依然存在。

二、仙道宗教传说

传说中的神话人物原是上古神话中的神，后来转变为传说中的人。宗教人物则包括佛教、道教和民间信仰中的神仙、僧侣、巫神等。这些人物不仅有自己的传说，还渗透到其他各种传说中去，对其他传说的故事情节和人物命运产生影响。

在我国神仙宗教信仰文化背景下，神话宗教人物传说是十分丰富的。黄帝传说、大禹治水传说、西王母传说、老子传说、八仙传说、观音传说、财神传说、达摩祖师传说、张三丰传说等，都属于这类这一范畴。另外，还有一种地方性神仙传说，如浙江的陈十四、江西的许真君、山东的碧霞元君、福建和台湾的保生大帝等，都在一定地域内流传。

我国道教有一套庞大而完备的神仙体系，黄帝这样的大腕级人物，自然也被纳入到了这一体系之中，从而使黄帝这位英雄神转变为了一位吸风饮露潜心向道的道教神：

传说道教大仙广成子住在崆峒山混元洞，为寻求治邦安民之道，黄帝不顾万里之遥，一路风尘仆仆前来拜师问道。

这时，广成子、赤松子二位仙师正在对弈，早有玄鹤童子急匆匆来到洞中，用鸟语向广成子说："禀仙师，轩辕氏，在山下。"广成子早知黄帝来意，含笑说："真荒唐，不去治国，却来求仙。待会儿我去看看。"

不久，广成子在云端出现，黄帝等人欣喜若狂，全都跪倒在地。黄帝以极崇敬之语气，朗朗陈述："弟子一片丹诚，前来求教，敢问仙师，至道是什么？"广成子乘鹤在黄帝等人头顶盘旋三匝，然后停在虚空，语意深长地说："治理天下者，没有见积云就想下雨，没有到秋天就想草木黄落，哪里能谈至道呢？"说毕，拂尘一扬，仙鹤凌空，隐入云霞之中。黄帝怅

然若失，望望崆峒山，想想仙人的话，不由一阵心酸，泪水夺眶而出。在黄帝落泪的地方，后来生出一眼清泉，泉中小石碧绿晶莹，据说那就是黄帝的泪珠，后人把这泉叫做凝珠泉或琉璃泉。

黄帝一百岁时，悄悄离开轩辕之丘，单独一人再次上崆峒山拜师问道。路上，黄帝见前面过来一位赤发赤须的长者，便恭立道旁，施礼让路。长者微微一笑说："学会谦恭，始能求真。好，好！"黄帝赶忙上前说："请问长者，哪条道可通崆峒仙界？"长者把黄帝略一打量，随口吟道："仙凡本无界，只在心上分；不惜膝行苦，一诚百道通。"说罢倏然不见。原来这长者正是赤松子，他是怕黄帝放不下帝王架子，吃不得苦

皇帝问道广成子

头，广成子不向他传授至道，才这样指点的。

一路上，黄帝不断思索那长者的四句言词，直到鞋磨穿、脚磨破，寸步难行时，才恍然大悟，决心以膝代步，爬上崆峒山。砂石如刀，膝破血流，所过之处石子都被鲜血染红了。至今在去崆峒山的路上，还能看到这种石子，人们把它叫做"血儿石"。

黄帝再次来问道的事，早有玄鹤童子报与广成子。当他膝行到山下时，广成子立即派出金龙把他接上山去。黄帝见到广成子，稽首再拜，请教如何修身养性，才能达到长生不老之道。广成子赞许他问得好，随即将他的修身之道悉数传于黄帝。黄帝一字一句牢记在心，只觉心明眼亮，豁然开朗，再拜而退。就在这天，从轩辕之丘赶来接驾的群臣，已登上峡口山头，等候黄帝出来。这座山后来就叫"望驾山"。

黄帝回国后，居于荆山极高处之昆台上，依广成子所教之道，静修养身。他在一百二十岁时，命人取首山之铜，铸宝鼎于荆山之下。鼎成之日，正当设宴欢庆之际，忽见空中霞光万道，一条黄龙垂须髯而下，元妃见状大惊，黄帝对她说："不必惊慌，这是天帝派来迎我的。"于是离席骑在龙背上，元妃急忙扯住黄帝袍服，也跟着上去。传说当时宫中大臣随从黄帝乘龙升天的有七十多人。后来把黄帝乘龙升天之处，叫做"鼎湖"。

"刑天"画像

三、神怪灵异传说

神怪灵异传说，起源于动物崇拜的古代神话。比如我们提到的黄帝，是个四面怪物，西王母半人半兽，其他神话人物也有着各自不同古怪形象：火神祝融，兽身人面，驾两条火龙。水神共工，蛇身人面红发，驾黑龙。木神句芒，又名重，鸟面人身，驾两条龙。蚩尤，人身牛蹄，四目六手，头生坚角，耳旁毛发直竖如剑，以沙石金钱为食。风伯飞廉，鹿身雀首，头生尖角，通身豹纹，尾如黄蛇。雨师屏翳，形如七寸细蚕，背生鳞翅。刑天，原来是炎帝的臣子，炎帝为黄帝所败，刑天不服，继续作战。帝砍掉其头，埋于常羊山下。没了头的刑天，就以自己的乳头作眼睛，肚脐作嘴巴，左手持盾，右手拿斧，挥舞不息，继续战斗。

其他亦人亦兽的神怪还有：英招，人面马身，背长双翅，通体虎纹。陆吾，昆仑山神，人面虎身九尾。开明兽，昆仑山神，身如巨虎，

蚩尤

九头，每个头都有一张人面。离朱，昆仑山护树神，眼睛最明亮。帝江，天山神，六脚四翼无头。瑶水，形如牛，八足马尾，两个脑袋，喊叫地声音象鸣号筒，他在哪里出现，哪里就会有战乱。白泽神兽，将天地间一万一千五百二十种精怪奇物描述出来的神兽。魖魅，人面兽身四脚的怪物，以柔媚的女儿声迷人。神辉，人面兽身，独脚单手，能以催人入眠的哈欠声迷人。魑魅，像三岁小娃娃，通身黑里透红，长耳红眼，长了一头乌黑的长发，能用呀呀学语的童声迷人。

刑天本名并不叫刑天，后人称其为"刑天"，实际就是指黄帝施刑罚砍去其脑袋的意思。关于刑天，另有一说是黄帝时的一个乐工首领，在音乐方面很有造诣，曾经给人们做出过贡献。但他后来又与黄帝进行权力争斗，最终被黄帝打败，并割掉了脑袋处死。

相传，黄帝战败炎帝，平定蚩尤之乱后，几十年内黄河流域没有进行过战争，各部落之间逐渐恢复了正常

的生产生活，人们安居乐业。大家高涨的生活热情深深感悟着黄帝，黄帝从中得到了启示：有吃有穿的生活并不是人们生活的全部需求，人们在精神上的需求才是最最重要的。于是他就与众大臣商议，决定让专门侍奉宫廷的乐工刑天到民间实际接近群众生产生活，给大家创作世界上最好听的乐曲听。

刑天接受命令后，亲自带领一

炎帝

帮人到民间与大家同吃、同住、同劳动，或去田间地头帮大家锄地扶犁，或去狩猎场所与凶猛的野兽搏斗，实地体验实际生活。他足足花费了两年时间，足迹遍布了全国各地，经过对民间乐曲的归纳整理和对群众生活的实际体验，通过艰辛的劳动，终于创作出了《扶犁》和《丰年》两首乐曲。他拿回去给黄帝听，黄帝听后非常满意，黄帝又让老百姓和大臣听，大家听了后也觉得不错。为了使两首乐曲真正给大家带来欢乐，刑天又花费了三年的时间，走乡串户进行专访，听取大家对这两首乐曲的修改意见。两首乐曲最终修改成为了世界上最好听的乐曲。刑天也因此头发花白了，皱纹增添了许多，人一下子变老了，却又显得非常的精神、非常的健壮。

刑天敬业的事迹深深打动了黄帝族的每一个成员的心，创作的《扶犁》和《丰年》两首乐曲奏出了大家的心声，大家听后无可挑剔。人们无论男女老少，都能吟唱，成为当时最受欢迎的乐曲。刑天因此而著名，成为了天下最受尊崇的人之一，被黄帝提拔使用为乐工的首领，成为了专门掌管音乐的大臣。荣誉和地位的突然

改变一下子冲昏了刑天的头脑，他开始变得骄傲自大，目空一切了，慢慢的那个为人们做出巨大贡献，且受人尊敬的刑天消失的无影无踪了。他开始做事情骄横跋扈，一意孤行，别人的意见根本听不进耳朵。有人把他的情况反映给黄帝，黄帝批评了他，他根本不在乎。后来，他干脆把谁也不放在眼里，甚至错误的认为，他给社会所做的贡献大得可以与黄帝的功劳相齐并论，黄帝百年后，部落联盟首领的位子非他莫属。

老百姓听到这些话后，都觉得刑天变了，变得太令人失望了，不是以前的刑天了，但还是对他像以往那样尊重，都盼望他悔过自新，重新为社会作出贡献。可刑天却意识不到，仍

皇帝轩辕氏画像

不思悔改，慢慢的大家开始厌恶刑天这个人了，后来干脆不吟唱他创作的两首乐曲了。

那时侯，黄帝作为部落联盟首领，遇到什么事都要与各部落首领商讨研究。黄帝逐渐老了，想找一个继承人。有一次，他召集四方部落首领来商议，说出自己的打算后，有个名叫宁封的人说："你有25个儿子，个个都精明能干，无论哪个继承你的位置都很合适，就从他们中间选一个吧。"黄帝说："我的儿子虽说都有些本事，但没有一个能担负起部落联盟首领责任的。就不要再提他们了。"另一个叫隶首的说："管音乐的刑天挺不错。"黄帝摇摇头说："刑天骄傲自大，老百姓都讨厌他，用这号人，我不放心。"这次讨论没有什么结果，黄帝继续物色他的继承人。

过了一段时间，黄帝又把四方部落首领找来商量，要大家推荐，到会的一致推荐黄帝的孙子颛顼，黄帝点

颛顼

头说："颛顼倒有点像我，可惜他是我的孙子呀！"大臣们都说："举贤不避亲，能者向前，不会有人有意见的。"最后，颛顼被确定为黄帝的继承人。

刑天对黄帝选择自己的孙子而不选择他的做法非常生气，多次与参与举荐颛顼的部落首领们为此事争吵，并纠集一些支持他的部落首领发动战争，攻打参与举荐的部落，侵占他们的领地。他还扬言要和黄帝通过战争争夺部落联盟首领的位子，取而代之。黄帝并未因刑天的狂妄而龙颜大怒，发动战争消灭他，而是派人去说

74

报他回心转意，刑天根本听不进去来人的劝告，依然我行我素，结果还把黄帝派来的使臣给杀了。

无可奈何的情况下，黄帝派兵平叛。不足一月，叛军全部被消灭，刑天也被捉住砍了脑袋。

刑天这个人谋反心里特别强。相传，被砍掉脑袋的刑天与黄帝争斗的意志丝毫没有减退，斗争的欲火反而更加旺盛，他几次让割下来的脑袋重新长在肩上与黄帝对抗，几次又被黄帝将脑袋割了下来。最后一次，他的脑袋被刽子手砸了个粉碎，扔进黄河里去了。

刑天很无奈，越发的愤怒，竟然用他的两个乳房作为眼睛，发出仇恨的凶光，肚脐眼作为嘴巴，呶呶不休的嚷嚷叫骂个不停，同时，一手握长斧，一手握盾牌，挥舞不息。最终，刑天还是将生命耗尽后，带着悲愤离开了人间。

后来，黄帝也为刑天的这种不屈不挠的精神所感动，亲手将他的尸体掩埋在了常羊山上。

四、奇人英才传说

我国历史悠久，文化底蕴深厚，曾经出现过许多杰出的史学家、文学家、画家、书法家，比如孔子、屈原、司马迁、陶渊明、王羲之、顾恺之、李白、苏轼、王安石、范仲淹、唐伯虎、徐文长、蒲松龄、纪晓岚、曹雪芹等。围绕这些奇人英才，也出现了众多的传说故事。这些传说，或者讲述他们的求学经历，或者讲述他们的高深学问，或者讲述他们的轶事趣闻，富有个性和情趣。

李白画像

李白无疑是中国历史上最有魅力、最为伟大的浪漫主义诗人了，历史传说众多。他那"笔落惊风雨、诗成泣鬼神"的不朽篇章，放浪不羁的性格，宽广博大的胸襟，蔑视权贵的精神，寂寞孤独的情怀，曲折悲惨的

结局，都使这位集"儒、释、道"三家精神于一身的诗人，更加充满了迷离的神奇色彩。比如李白的出生，即具有神话色彩：

相传，唐明皇游月宫，见仙女个个如花似玉，顿生爱意，题了淫诗。

玉皇大帝盛怒之下，降灾凡间，叫青龙星、白虎星下凡祸乱大唐江山。青龙星下凡即后来的美人杨贵妃，白虎星下凡即后来的胡人安禄山。太白金星急忙请求下凡力保大唐，先青龙星、白虎星之前出了南天门，寻找投胎之地。他先到了三山，又到了五岳，最终确定在巴蜀剑南道投胎。居住在昌隆县天宝山下陇西院的李客之妻，一天在青莲盘江蛮坡渡浣纱。一条红鲤鱼自跃到她的竹篮中，李客妻高兴地把鱼提回家。夫妻俩煮熟吃，因此怀孕而生李白。相传李白出生时，满室奇香，红光临窗。一对金凤凰从仙山峨眉飞来，停留在陇西院的梧桐树上，一唱一和，声声悦耳。

尽管李白"出身"很好，但到了民间，也是经过一番刻苦学习和磨练才成才的。传说李白小时候，也不好好读书。一天，他路过一条小溪，看见一位老妇人正在磨一根铁棒。李白感到奇怪，老妇人说："我要把这根铁棒磨成针。"李白明白了她的深意，回去后刻苦学习，终于完成了自己的学业。"铁杵磨成针"的传说，即是李白发奋的开始。

还有多篇传说，都讲述了李白与酒化不开的缘分，富有李白"特色"。李白逝世有几说。有一传说讲李白投永王获罪后被赦，贫困交迫，投靠从叔县令李阳冰。在当涂患病，自感不久于人世，将手中全部诗稿托李阳冰整理付印作序。作下："大鹏飞兮振八裔，中天摧兮力不济。余风激兮万世，游扶桑挂石袂。后人得之传此，仲尼亡兮谁为出涕。"后去世。另一传说讲述李白倒骑白驴把一个赃官杀

傅山画像

了，转眼十八载。一天，他到西湖游玩，见此风景如画，碧水连天，就喝了很多酒，跳进湖中捞月而死。他的魂魄回到了故里青莲，化为了陨石。

总之，在民间，像李白这样的传说还很多，如野花开遍了山野田间。

五、名医巧匠传说

我国历史上曾出现过许多著名的医学家，如扁鹊、张仲景、华佗、孙思邈、李时珍等，围绕他们产生了许多著名的传说。如扁鹊与蔡桓公、华佗与曹操、华佗与关公、孙思邈与屠苏酒等，流传均十分广泛。另外，这些医者特别是一些民间医者，与老百姓的现实生活密切相关，因而有关传说也就十分丰富和传神了。

傅山是明末清初著名的思想家、医学家、画家和书法家。《柳崖外编》、《仙儒外纪》中记录了关于傅山先生医病的不少民间传说，可见人们对他医术的崇拜。

据传有一次，山西某巡抚的母亲生病，托阳曲县令去请傅山。他说："看病是可以的，但是我不见达官贵人。"阳曲县令答应了，巡抚只得回避，由阳曲县令代陪傅山诊病。他给巡抚之母诊完脉，说："这么大年纪了，还得这样的病症！"也不立方，拂袖而去，县令再三婉转叩问病情，他才说："是相思病，昨日午后起病的。"随后离去，巡抚赶出来询问母亲病情，县令无言以答。可是他母亲已经听到傅山的话，叹息了一声，说："真是神医呀！我昨天翻箱笼，偶然看到你亡父的靴子，就得了病。你应如实把事转告傅先生。"巡抚托县令把此事内情转告了傅山，他只开了一服药就治好了巡抚母亲的病。

有位妇女，因为丈夫好赌，劝说无效，夫妻间就互相吵起来，还被丈夫打了一顿，气闷之下，得了气鼓。其丈夫这下着急了，去找傅山先生，说明情形，请先生诊疗。傅山问清情况后，好像很随意地从地里拨了一把野草，告诉他："你拿回去，每天在你女人面前用慢火煎药，而且必须和颜悦色，低声下气。除了亲自给你女人伺俸饮食外，就一心一意地煎药，一天熬十几次。"待奉妻子服用，果然不到三天，妻子的病就好了。有人感到奇怪，问野草如何治病，况且怎么会好得这么快，傅山说："病刚刚得了，还不是什么大病，用不着吃药。我以草为媒，让其丈夫日日伺俸，尽心尽力，平其心而和其气，就足以治好她的病了。"

这些传说多少年来在民间流传，说明傅山医学在民间经久不衰的影响。

能工巧匠传说是对我国古代劳动人民勤劳和智慧的直接反映，主人公一般都是某一行业的发明者、重要器具的发明者或者著名建筑的建造者等。如杜康被说成是酒的发明者，老子被说成是打铁行业的发明者，蔡伦是纸的发明者，吴道子是油漆行业的发明者，鲁班是木工与建筑行业的发明者等。人们编撰了许多故事，来传扬他们发明某个行业或某种器具的过程，赞扬他们高超的技艺和美好的品德。由于民间传说的影响，他们也往往被相应的行业当作祖师来崇拜。

鲁班是我国木工与建筑业的祖师，被说成是古代很多重大建筑的建造者，大到皇帝的皇陵、宗教庙宇，小到乡间古桥、古楼，往往都会附会在鲁班身上。他还是很多木工器具的发明者，如锛、锯、墨斗、刨子等。另外，许多民间的小器物、工艺品、甚至交通工具，传说也是鲁班的发明创造，比如说木鸢：

鲁班

鲁班是敦煌人，小时候，双手就很灵巧，会糊各种各样漂亮的风筝。长大后，跟父亲学了一手好木匠活，修桥盖楼，建寺造塔，非常拿手，在河西一带很有名气。

这一年，鲁班成婚不久，就被凉州的一位高僧请去修造佛塔，两年后才完工。他人虽在凉州，但对家中父母放心不下，更想念新婚的妻子。怎样既不误造塔又能回家呢？他在天空飞旋的禽鸟启发下，造出了一只精巧的木鸢，安上机关，骑上一试，果然飞行灵便。于是，每天收工吃过晚饭，他就乘上木鸢，在机关上击打三下，不多时便飞回敦煌家中。妻子看到他回来，自然十分高兴，但怕惊动父母，他也没有言语，第二天大清早，又乘上木鸢飞回凉州。这样，时间不长，妻子便怀孕了。

鲁班的父母早睡晚起，根本不知儿子回家之事。见儿媳有孕，还以为她行为不轨。婆婆一查问，媳妇便将丈夫乘木鸢每晚回家之事说明白，谁知，二老听了不信，晚上要亲自看个真假。

鲁班造木鸢图

掌灯时分，鲁班果然骑着木鸢回到家中。二老疑虑顿散。老父亲高兴地说："儿呀，明天就别去凉州工地了，在家歇上一天，让我骑上木鸢，去开开眼界。"第二天清早，老父亲骑上木鸢，儿子把怎样使用机关作了交待："若飞近处，将机关木楔少击几下；若飞远处，就多击几下。早去早回，别误了我明日做工。"

老父亲将交待记在心中，骑着木鸢上了天，心想飞到远处玩一趟吧。就把木楔击了十多下，只听耳边风响，吓得他紧闭双眼，抱紧木鸢任凭飞翔。等到木鸢落地，睁眼一看，一家伙飞到了吴地。吴地的人见天上落下一个怪物，上骑白胡子老头，还以为是妖怪，围了上去，不由分说，乱棒把老头打死，乱刀把木鸢砍坏。

鲁班在家等了好多天，不见父亲返回。他怕出事，又赶做了一只木鸢，飞到各处寻找。找到吴地以后，一打听，才知父亲已经身亡。他气愤不过，回到肃州雕了一个木头仙人，手指东南方。木仙人神通广大，手指吴地，大旱无雨，当年颗粒无收。"

三年以后，吴地百姓从西来的商人口中得知，久旱无雨原是鲁班为父报仇使的法术。便带着厚礼来到肃州向鲁班赔罪，并讲了误杀他父亲的经过。鲁班知道了真情后，对自己进行报复的做法深感内疚，立即将木仙人手臂砍断，吴地当即大降甘露，解除了旱灾。

之后，鲁班左思右想，认为造木鸢，使父亡；造木仙人，使天大旱，百姓苦，是干了两件蠢事。便将这两样东西扔进火里烧了。木鸢和木仙人便就此失传了。

第二节　中国民间史实传说

一、战争谋略传说

我国历史悠久，历代战争不断，曾经出现过许多精彩激烈的战争场面。在这些战争中，一些军事家的战争谋略也最为人所称道。《三国演义》为突出这种谋略的重要性，总是尽力描写各种依靠计谋智胜故事，从

曹操

而成为历代人所喜欢的名著。如曹操率领七万人仅因火烧粮仓就击败了袁绍七十万人；而曹操率领八十三万大军进攻东吴、刘备率领七十五万大军进攻东吴时，反被东吴周瑜、陆逊只用几万军队运用火攻谋略就分别打败了。诸葛亮更神，仅用二千五百人以一个空城就击败了拥有十五万精兵的司马懿。但是诸葛亮带领三十五万大军伐魏时，最后也被司马懿以少得多的兵力击败。这些经典的故事无一不竭力突出谋略的重要性，树立了不畏强暴、敢于胜利的众多英雄形象。

我国历史上，像曹操、诸葛亮

这样的战争谋略家还有很多，如周朝时期的姜子牙、春秋时期的孙武、战国时期的孙膑、汉代的韩信、唐代的郭子仪、宋代的岳飞、明代的刘伯温等，他们都善用智慧，在战争中出奇制胜，或者以少胜多，或者以弱胜强，创造了许多精彩的战争案例。下面传说，不但为我们留下了"月饼"的来历，还"记载"了一个农民起义中的小计谋：

元顺帝末年，颍州刘福通及各地老百姓纷纷揭竿起义，闹得朝廷老心神不宁，坐卧不安。为了巩固反动统治，他们一面派兵血腥镇压起义军，一面派家鞑子到各家各户进行控制，大伙儿被卡得苦不堪言。

家鞑子比自家的老祖宗还要尊贵，好东西得尽着他吃他用，稍不顺心，不是打就是骂，甚至处死你都无处伸冤。平时三朋四友在一起聚会，或者两个在一处说悄悄话，你要惹着他，他诬赖你想谋反，连命都没有了，所以那时候，天黑就吹灯，谁也不敢胡遛乱逛，免得祸从天降。

试想，这暴虐统治，不是一天两天，或十天半月，人们硬硬头皮就熬过去了，成年累月如

此，谁能吃得消呀！因此，血气方刚的汉子，有的冒着一死，都跟着朱元璋造反。可是毕竟管得太严，卡得太死，造反的人不多，打不过元兵。怎么办呢？朱元璋向军师刘伯温讨计策。

刘伯温满腹韬略，能掐会算，沉思了一阵说："天下人都对家鞑子有刻骨仇恨，如果大家一齐动手，别说一家只有一个家鞑子，就算有两个家鞑子，也能斩尽杀绝。"朱元璋皱着眉头说："你说的很有道理，只是全国这么多人家，用什么秘密办法告诉他们，大家都一齐动手呢？万一走漏

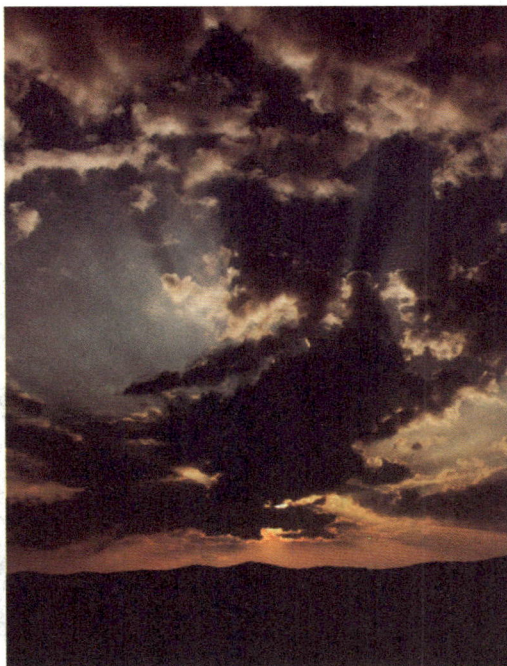

风声，就要万民遭劫呀？"刘伯温捻着胡须笑道："你不必忧心，我自有良谋。"

农历八月十四、八月十五两天，商店里，小摊上，到处都是卖圆饼子的。有的人家买不起，便有人赠送。鞑子不懂，便问："这是什么东西？"人们就告诉他们："这是月饼，八月十五拜月的供品。"于是他们便解除了戒心，不再盘问了。

中秋晚上，每家都捧出月饼、瓜果祭月。举行祭月仪式之后，各家人围在一张桌前，赏月饮酒。家鞑子也趁热闹，喝了个一醉方休。最后把月饼掰开，以便分而食之。每个月饼内都夹有一个绵纸纸条，文曰："请今夜子时杀死你家的鞑子兵。"鞑子兵不识汉文，楞着脸问："那是啥？"有的说是饼芯子，有的说是祝你全家团圆，还有的说月娘娘保你平安。他们便信以为真，乐得咧着嘴傻笑，叽哩呱啦的说："就你们汉人名堂多，真有意思！"

子时一到，有的鞑子兵醉倒了，有的鞑子兵睡着了，有的还在嬉闹。各家因对鞑子都恨之入骨，一家人好商量，挤挤眼、碰碰胳臂时，全都心领神会了。几个人对付一个人还不容易，用手搭脖子，用砖头砸脑袋，人人一条心，一齐动手，只听这里噢唠一声，那里哎哟一声，未用一顿饭食的工夫，平日张牙舞爪的鞑子兵，全都报销干净。

这是一个欢腾的夜晚，各家完成了杀敌任务，都走出家门，互相打听："你家的鞑子杀死了吗？""杀死了！""你家的呢？""那还用说，早呜呼了！"于是人们敲锣打鼓，噼噼啦啦的点放起鞭炮。

从这开的头，中秋吃月饼的习俗，一直流传至今。

包公脸谱剪纸

二、清官断案传说

清官的特点在于一个"清"字，即清廉、清介、清明、清正。清廉指生活清苦朴素，不贪图享受，不贪污、不受贿、不损公肥私。清介指为人耿直、有骨气、不阿谀奉承、不随波逐流，对恶不敷衍，不屈服。清明指居官勤于政务，办事有法度、有条理、爱民如子，奉公守法，不草菅人命，不枉屈是非。清正指为人处世，气度宽宏，严于律己，宽于待人，不以一己之私而忘国家之忧。

在人们的心目中，这些清官不畏权势，敢于断案，匡扶人间正义，其传说也倍为老百姓传扬。

包公，名包拯，字希仁，宋朝合肥人，曾任开封府尹，是宋朝有名的清官。在铡美案和铡包勉这样的大案要案中，充分体现了包公在大是大非前的清正廉明，而包公的智慧与断案技巧，还主要体现在他对一些民间案件的审理过程中。如以下这则传说：

相传包公带着包兴，微服私访。这天，来到一个地方，看看天色已晚，决定找个人家投宿。

他们顺街走着，见前方有一位老人伏在门前石阶上流泪。包公忙上前问："请问老翁，何事伤心？"老人抬头看了包公一眼，并不说话，只是流泪。包公不便多问，便提出想在这里借宿。老人一听，连连摇手："不行，不行！实不相瞒，这里前几天才

包拯

死了人。"包公一听死了人，便问死者何人？何故而死？这一问不要紧，倒引出一段奇案来。

原来，这位老人姓徐，夫妇两人，膝下只有一子，年方十八。不久前，老夫妇为儿子娶了亲。新娘子聪明贤慧，全家人都很满意。

新婚之夜，新娘子听说丈夫正在攻读迎考，便出了一个上联考他。这是个连环对："点灯登阁各攻书"。新娘子开玩笑地说："对不上下联，不准进洞房。"偏偏新郎书生气太重，一时答不出，竟赌气到学堂去了。

第二天，新娘发现丈夫愁眉不展，便问是何原因？新郎说："我正为答不出你的对联发愁呢！"新娘说："你昨天夜里不是对上了吗？"新郎感到很奇怪："我昨夜睡在学堂里，并没有回家，怎么会答出对联来呢？"新娘听了这话大吃一惊，这才知道昨夜是被人钻了空子失去贞操，悔恨交加，一气之下，便上吊自尽了。

一见出了人命案子，衙门马上来人，将新郎捉拿归案。文弱书生抵不住糊涂官的严刑拷打，被逼供认，判了死刑，秋后问斩。老夫人徐氏闻

包拯

讯，投河而亡。活生生的一个家庭，被弄得家破人亡，好不凄惨。

包公听老人讲完了经过，心里也很难过。是谁促成新娘子冤死的呢？要破此案，必得先对出这个对子来。

这天晚上，包公就宿在老人家里。夜深了，他还在苦思着那个下联，一个人在后院里踱了一会，索兴叫包兴搬来一张太师椅，倚在梧桐树旁，对月而思。想着想着，包公禁不住笑出声来。原来，这个下联正是"移椅倚桐同赏月"。对联想出来了，破案的办法也就有了。

天明后，包公来到县衙，叫人贴了张榜，上写欲在本地挑选一些有才

学的人，带进京城做官。条件是：能对出"点灯登阁各攻书"的下联来。

榜贴出不久，一个书生揭了榜。他得意洋洋地来见包公，说："本书生看过榜后，欲随大人进京，还望大人多多栽培。"包公说："你对出那副对联了吗？"书生假装思索了一下，说："这是个下联，上联应是'移椅倚桐同赏月'，不知大人肯不肯带学生进京？"包公嘿嘿一阵冷笑。"行，我带你进京！"说罢，惊堂木一拍："还不快给我拿下！"左右一拥而上，把书生捆绑起来。

书生正做着官梦，不想被当场拿住，吓得连喊冤枉。包公厉声说："歹徒，你居心不良，乘夜间淫人妻子，害死两条人命，岂能饶你！左右，掌刑！"书生一听，吓得魂不附体，连忙跪下，高呼："小人愿招！"

原来，那日新郎赌气跑到学堂后，几个同学开他玩笑，说他放着如花似玉的新娘不伴，却到学堂来守夜，新郎便将考对联的事说了。谁知，言者无意，听者有心，那书生乘机潜往新郎家去答对联，新娘子不辨真假，竟与他同入洞房，以致酿成了这场悲剧。

包公当堂叫书生划供，打入死牢，并叫来姓徐的老人，让他将押在狱中的儿子领回家去。一场冤案，被吏。他曾三次被控死罪，三次被赦，两次被罢官又两次复出。尽管如此，他仍持志不渝，不阿谀奉承，一心执法守正，被当时人誉为"自古无有"的好官。

狄仁杰，字怀英，唐朝并州太原人。狄仁杰为官，敢于拂逆君主之意，始终保持体恤百姓、不畏权势的本色，始终是居庙堂之上，以民为忧，后人称之为"唐室砥柱"。

陈希亮，字公弼，北宋时期眉州青神人。陈希亮嫉恶如仇，不考虑个人的祸福进退，为平民百姓称颂，使王公贵人害怕。后因辛劳过度而逝世。著名文学家苏轼十分敬佩陈希亮的为人，为其写下了《陈公弼传》。

包拯，字希仁，庐州合肥人，是历史上最有名的清官。他一生铁面无私，不避权贵，执法如山。对皇亲国戚、宦官权贵的不法行为，一律极力主张绳之以法。大力平反冤狱，是包拯生前与死后深为百姓所赞扬和称颂的主要内容。包拯在当时和后世都享有盛名，特别在死后，作为清官的典型形象，被不同体裁的文艺作品大肆渲染，使之带有神奇色彩。

况钟，字伯律，明朝江西靖安县龙冈州人。只要一提起况钟，人们立即就会想到《十五贯》故事里那位甘冒风险、敢于伸张正义、为民伸冤的清官。除此之外，他还做了兴修水利、举办学校、推荐贤才等造福一方的好事。在他死后，苏州和七个县都建立了

西门豹

狄仁杰

纪念他的祠堂。

海瑞，字汝贤，海南琼山县人。纵观海瑞为官，历经嘉靖、隆庆、万历三朝，多次冒死进谏，虽是为了维护封建统治的根本利益，但他严于执法，除暴安良，生活清廉，同情百姓，招抚流亡，注意发展生产，兴修水利，限制大地主无止境的盘剥，改革落后的风俗习惯等，得到了百姓的广泛拥护，其行为具有不可否认的历史进步作用。

汤斌，字孔伯，祖籍河南睢州。汤斌为官一生，除著书立说，发展理学学说外，几乎所有精力都集中在河务和漕运的治理上，并注意为百姓减轻负担、赈灾救施、兴利除害。其为官清廉，至死仅遗俸银八两，连买棺材的钱都不够，真正可谓是一代清官。

包公巧妙地判明了。

三、文人智趣传说

智趣，或者知趣，也就是一种知识的趣味性，泛指文人趣味。文人靠文存身立命，对文字具有特殊的癖好和敏感。所以不但吟诗属对常要咬文嚼字，就是行酒令，开玩笑也常在文字上做文章，而且以此表现他们的智慧。

隋朝的侯白，爱开玩笑，他与杨素、牛宏同朝为臣，有一天退朝归来，侯白说："日以夕了。"牛宏道："刚下早朝，如何便道日夕？"侯白说："你没有听诗句说：'日夕牛羊归'吗？你二人一牛一羊同时而归，岂非日夕？"三人大笑。

文人智趣，历来为人们所传扬，究其原因，在于人们都这种幽默、高雅、隽永、深邃、闲逸境界的崇拜和向往。

姑苏才士李章，反映敏捷，诙谐滑稽。有一次，他应邻居之邀赴席饮酒。主人很富有，却粗陋无文。客人入座后，开始上菜，菜肴很丰盛，摆满一大桌。其中有一盘鲑鱼，又肥又大做得也好，色泽诱人，是一桌中的上品。但这盘鱼却摆在主人面前，李章够起来很困难。他想即不费劲又能吃到鱼，就对主人说："你我都是'姑苏'人，常见人家写这个'苏'字不一样，有的人把鱼字写在左边，有的人却写在右边，到现在我也不知道该怎么写？"主人说："古人作字不拘一体，这个'苏'字中的鱼，可在左，也可在右，移易从便。"李章马上站起来，双手端过主人面前之鱼，说："领主人之命，今天右边之鱼，也可移到左边，移过来怎样！"说完，把鱼放在自己面前。一桌人都停箸大笑。

中国语言文字的魅力即在于此，凸现出民族文化中丰富的生活趣味和人生智慧。

文人智趣一方面体现在这些文人斗智的文字游戏上，一方面还体现在文人通过这种游戏对世俗生活的改造上。这类传说包括文人对世俗陋习的鞭策和对丑恶人物的讽刺等。另外，一些少年英才的智慧故事，也是这类

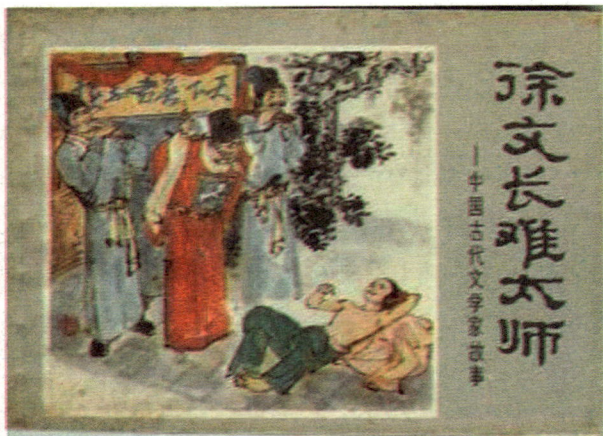

连环画《徐文长难太师》

传说中的一大类。

徐文长即徐渭，浙江绍兴人，明代著名的文学家、书画家。他从小就很聪敏，十多岁时学问已经相当渊博。以下这则传说即显示了徐文长的聪慧，也讽刺一些人的自高自大：

有一年秋试，皇帝派了一个叫窦光鼐的老太师到绍兴来主试。老太师为了筹备考务，提前来到绍兴。

窦太师游街过市，总是有一块"天下无书不读"的御赐金牌扛在前面，开路喝道，耀武扬威，自以为文章压倒天下，目空一切，傲慢非常。

这天，正是炎热盛暑，徐文长听说窦光鼐要来了，心想：把他的御赐金牌除下，给他一个下马威。主意既定，就赤身露腹地睡在东郭门内的官道当中。

"哐……哐……"鸣锣喝道的声音越来越近。头牌执事看见一个小孩睡在官道当中，就禀告窦太师："有个小孩子挡官拦道！"窦光鼐听得拦道的是个小孩，不以为意，吩咐住轿，自己出来看看。见那拦道的小孩睡得很熟，连忙把他叫醒。徐文长故作恭敬地站在一旁，等候发落。窦太师开言问道："睡在热石板上作什么？难道不怕皮肤晒焦？"徐文长大大方方地回答说："不作什么，晒晒肚皮里的万卷书。"窦太师听他好大口气，就对他说："既然你喜欢读书，一定还会对课。我有个课要你对，对不出，你应该让道回避。"徐文长立刻提出反问："如果对得准，那怎么办？"窦太师想，一个小孩有什么了不起，就随口说："如果对得好，把全副执事停在这里，老夫步行进学宫！"

窦太师想起绍兴南街有三个阁老台门，便随口占题："南街三学士。"徐文长不加思索，回对："东郭两军门。"窦太师一听，觉得南街对东郭，文官对武将，而且这五个台门都是绍兴城内有名声的，不由得点头称赞："好奇才！"

这时，徐文长故意问窦太师：

"你那金牌上的六个大金字，作何解释？"窦太师听得问起金牌，马上得意地说："皇上晓得我天下无书不读过，因此御赐这块金牌！"徐文长接着又问："那么，太师爷，你'时建书'总该熟读吧？"窦太师被问得哑口无言，暗想：不要说熟读，就连书名也没有听说过。徐文长见时机已到，把早已准备好的《万年历》拿出来，递给窦太师说："太师没读过，学生倒会背。"说着，就喃喃地径自背诵起来，背得又流利、又纯熟。

窦太师果然也聪颖，真是过目不忘，名不虚传，等徐文长背好，他也能背了。但徐文长还能倒背，窦太师却不会。徐文长就理直气壮地问："太师爷既有书未读，那么这块金牌将作何处理？"窦太师尴尬地说："那当然不适用于我了！"窦光鼐只好践约，刚想举步朝学宫走去，徐文长却叫住他："启禀太师，自古中国才子算浙江，浙江才子数绍兴，绍兴处处出才子，太师要小心提防！"窦太师冷笑一声，飘然而去。

等到开考的时候，大家写好文章，收毕文卷，窦太师吩咐暂勿退场，抽卷阅读，好的果然很多，特别是徐文长的考卷，写得更好。但是卷后画上了徐氏祖先的灵位，窦太师借此挥笔落批："文章虽好，祭祖太早。"为了想试试绍兴才子的本领，窦太师口念了一课："宝塔圆圆，六角八面四方。"叫大家来对。全场默默无声，大家都想不出好句。窦太师连声催促，全场只好都举起一只手来摇摇。窦太师一看，没有不摇的人，连徐文长也在内。

这时候，窦太师洋洋得意，禁不住冷言相嘲："绍兴果然多才子，对起课来都变呆痴！"窦太师正想退场，徐文长突然高声喊道："太师你弄错了，我们都已对出，而且对得很好。"窦太师愕然。徐文长接下去说："这个对我们人人从小会对，因为考场规矩森严，不能你言我语，闹成一片，只好用手摇摇作个暗号，就是对：'玉手尖尖，五指三长两短。'不是很好吗？"窦太师经他一说，呆若木鸡。

从此，窦光鼐进出府门，只听到鸣锣喝道的声音，再也看不到"天下无书不读"的御赐金牌了。

四、行侠仗义传说

行侠仗义，意思是讲义气，肯舍己为人。现代武侠小说家金庸先生借郭靖之口，道出了侠义的本质就是为国为民，所谓"侠之大者"。史学家司马迁也作有《游侠列传》、《刺客列传》，可见行侠仗义也是我国传统文化的一部分。

自《史记》以下，我国古代描写侠客的传记作品不胜枚举，如干宝的《干将莫邪》、牛僧儒的《乌将军

梁山聚义厅

记》、杜光庭的《虬髯客传》、袁郊的《红线》、裴铏的《聂隐娘》、薛调的《无双传》等，为我们塑造了众多的古代侠义人物形象，也为后世的新武侠小说提供了范本。

我国最有名的好汉书当推《水浒传》，书中的一百单八好汉，个个都有故事，而其中的许多故事均来自于民间传说，比如托天王晁盖就有如下

一则为民除害的传说故事：

一日下午，晁盖与吴用在聚义厅议事，没等义卒秉报，闯入聚义厅一个人。那人见到晁盖和吴用，向前跪倒，泪流满面，哭诉道："大王救我！"晁盖被闯入的这个人弄愣了，一时不知如何是好，急忙向前将来人搀起。

这书生擦把眼泪，对晁盖、吴用言道："我叫李得智，家住二十五里湖边李家庄。今天上午，我送妻子走娘家，走到东平城外河边。不巧张金贵在那儿钓鱼，见我们走过去，愣说是我们将要上钩的鱼惊跑了，要我来赔。我要申辩，却挨了一顿打，妻子也被他们劫下了。无奈，只得到东平县衙击鼓喊冤。知县没让我把话说完就打断我的话，说这种小事他一概不管。我越想越气，后来才知知县是张金贵的哥哥，没有办法，只得返家撑船来山上求晁大王想法救我妻呀！"

晁盖听后，顿时怒发冲冠，一拍桌案骂道："真乃强盗，无法无天！你所说张金贵，就是人送外号张霸天的吗？"

李得智言道："正是此人，他仗着他兄长是知县，在东平称王称霸，欺男霸女，无恶不作。万望大王想法

戴敦邦水浒人物谱

晁盖

救救我妻！"

晁盖气得青筋直暴，多时没有言语，停了好大一会儿，对李得智言道："救你妻不难，但今日不行，须明天一大早，你要如此这么这么办！"李得智听后，叩头而去。

第二天天刚放亮，东平城西门里张金贵门前，来了许多卖鱼卖柴的。他们叫叫喊喊，一条条活蹦乱跳的鲜鱼，引来许多买鱼的。他们围拢来讨价还价，叫喊声有低有高。这时，只见从张府走出二三十人，张金贵走在当中。见到今日来卖鱼的这么多，张金贵走到这里看看，那里瞧瞧。来到

一个鱼摊前，看到一条活蹦乱跳的大鲤鱼，伸手抓了过来，说声："此鱼活鲜，是条好鲤鱼，给我那小娘子吃了，看她还敢不答应和我成亲？"说后拿着就走。卖鱼的阻拦道："张公子，这条鱼你可不能随便拿走，这可是条宝鱼啊！"

"老子不管它宝鱼不宝鱼，只管吃！"张金贵把眼一瞪说。"你拿走我的宝鱼，可要还我一个宝啊！"李得智言道。"还你何宝物？老子从不欠人东西，凡我拿的都是我的，我看你小子欠揍！"张金贵牛眼瞪得溜圆。

"不还我媳妇，别想拿走宝鱼！"李得智伸手抓住张金贵说。张金贵听此，定睛一看，认出是昨日被抢那女子的丈夫，把手一甩，"嘿嘿"冷笑道："好啊，你称二斤棉花访（纺）访，老子我在东平是不是愿怎么干就怎么干？我看你小子活够了。来人呀，将这小子拉入府内，乱棍打死！"

听他吼叫，忽地上来十几个打手，正要拉李得智。只见闪过一位大汉，身高过丈，红脸立眉，口方鼻宽。大喝一声："我看谁敢抓人？要抓人先留下一样东西！"

"什么东西？"张金贵听此一愣，奇怪地问了一句。

杜迁

"你的脑袋！"那大汉抽出腰刀，话到刀到，朝张金贵头上劈去。只见一道红光，张金贵人头落地。刹那间，只见一帮卖鱼、卖柴的，个个抽出刀枪，把二三十个打手三下五除二开了瓢，杀得一个不留。那大汉高喊："冲进张府，速速救出李得智妻子！"人们一拥而进，把张金贵全家杀得孩伢一个不留，救出李得智妻子。那大汉又喊道："李得智，快快带领你妻回家吧！"那大汉又转对众英雄道："一不做，二不休，杀入县衙，除掉贪官，为民除害！"

李得智对那大汉言道："我妻由

我母亲领走。晁盖头领，义军为我报了仇，我路熟，带领大家到县衙，我要加入义军！"晁盖道："好！按计速速前往！"

李得智和三阮、杜迁、宋万等，手起刀落杀了衙门旁值勤的衙役，晁盖等数十人，一拥而到后衙。张知县听到外边叫喊，吓得混身筛糠不知如何是好，晁盖刷地一刀，将张知县劈死床前。

晁盖率领众家英雄，除了东平县两害，立即开仓放粮救济贫苦渔民百姓。将布告贴到县衙和要道处，历数知县和张金贵罪恶。人们看了布告，个个欢喜，人人传颂晁盖和义军英勇仗义行为。

老百姓深为晁盖义举感动，众人一合计，决定给梁山义军送幅大匾。那匾根据晁盖身材魁梧，膀阔腰圆，侠肝义胆，有勇有谋，力大无穷，一心为民，绣制而成。那匾上写着"为民除害震八方，威武盖世托天王"

知识小百科

中国古代十大侠客

专诸：春秋时吴国侠客，吴国堂邑人。公元前515年，专诸扮做烹鱼厨师上菜，刺死吴王姬僚，使姬光得以自立为王，专诸被杀。

豫让：春秋末晋国侠客。为报智伯尊宠之恩，声言士为知己者死，女为悦己者容，我只有为智伯报仇而死，灵魂才能无愧。他两次行刺赵襄子，未遂后伏剑自杀。

聂政：战国时韩国侠客，韩国轵人，以孝亲侠义闻名。为感韩国大臣严仲子以百金为母上寿之恩，只身仗剑闯入戒备森严的侠累的住处，刺死侠累，又挖眼、毁面，剖腹自杀，以免连累姐姐。其姊闻知前往，痛哭而死于聂政旁边。

鲁仲连：又名鲁连，战国时齐国侠客，足智多谋，周游列国，急危救困，不图酬报，不

鲁仲连像

鲁仲连

受官职，以品行高洁闻名天下。公元前260年，他帮助赵国转危为安；20年后又助齐取燕军守卫的聊城。

　　侯嬴：战国时魏国侠客，是智多谋，深感魏公子信陵君之礼贤下士。公元前257年，侯嬴献计，使信陵君得以率大军进攻秦军而帮赵国解围。侯嬴因觉对魏王不忠，自杀而死。

　　荆轲：战国卫侠客，祖籍齐国，后迁入卫，人称庆卿。后被燕太子丹拜为上卿。公元前227年，荆轲以燕使身份，借机刺杀秦王，未成，被秦王杀死。

　　朱家：汉初侠客，鲁人，他平生助人为乐，其掩护逃亡的豪士有数百人，帮助过的逃命者不可胜数。对项羽部将季布有再造之恩，但季布富贵后，他却终生不见，慷慨侠义之名远扬。

　　郭解：西汉武帝时侠客，字翁伯，河内轵人。出身侠义之家，常救人性命不图酬报。当有人对他傲慢无礼时，他自责"是吾德不修也"。追随者甚众，武帝忌郭解势力太大，将郭解灭族。

　　王著：元初侠义之士，字子明，青州人。胆识过人，仗义疏财，杀死军功累累的宰相阿合马后，同伴劝他快逃，他却镇定地对禁军士兵说："杀贼者是我！"声言吾为天下人除害，死而无憾，随后被杀。

　　王五：清末北京侠客，以保镖为业，善使大刀，人称"大刀王五"。在河北、山东绿林中甚有威望，被推为首领。1898年，戊戌变法失败，因王五与谭嗣同素有交情，亲劝谭逃亡。1900年，王五死于义和团运动中。

荆轲

十四个大字。

五、升官发财传说

在阶级社会中，升官发财，是老百姓心中的一种愿望，但森严的社会制度与严酷的社会现实，给老百姓升官发财的机会是很少的。因为这种愿望实现的可能性非常之小，这种愿望也就愈发强烈。

《儒林外史》第三回写范进中举后，张乡绅立即送贺仪银和房屋，范的丈人胡屠户也立时变了嘴脸吹捧女婿"是天上的星宿"，范得了消息，高兴得发了疯，说明古代中举后便可升官发财，而这种美梦大多数人都在

儒林外史

做着。

民间老百姓是没什么升官的机会的，但他们还有一个更现实的愿望，那就是发财，因此，聚宝盆、摇钱树、点石成金的秘诀等，就成了一般人梦寐以求的东西，有关传说也就自然而然地出来了。

不可否认的是，在现实生活中，因为因缘际会，有一些人确实发了财，其发财的原因也就被传说得沸沸扬扬、五花八门了。当然，那些神仙贵人们也会偶尔眷顾一下一向老实巴交的庄稼人的，而那些贪心的人却要被戏弄，比如以下这则传说：

紫阳山东北不远处有个双山，山脚下有个几十户人家的村庄叫范庄，村头住着一个农户范老实，四十岁上生了个大胖小子，取名范十五。范十五长到十七八岁时，父母双双病故。

一天，范十五正在玉米地里锄田，听到田头有人喊他的名字，他到田头一看是一个黑大汉坐在田埂上。黑大汉双手抱着范十五装有稀饭的瓦罐子，笑眯眯地说："范十五，稀饭给我吃吧，我有十几年没吃饭。"范十五感到惊奇，有一连串的疑问：这黑大汉怎么知道我的名字？我怎么不认识他？他说他十几年没吃饭了，十

几年没吃饭的人怎么能活着呢？憨厚老实的范十五一时找不到答案。

想不通就算了，人家眼巴巴地向你要口稀饭吃是不好拒绝的。范十五也笑着对黑大汉说："大哥要吃就吃吧，吃不饱待会跟我一道到我家再弄点干的。"那黑汉子双手举起瓦罐"咕咚、咕咚"，不一会瓦罐就底朝天了。

黑大汉抹抹嘴对范十五说："我也不白吃，我这里有个金蛤蟆给你。"范十五双手接过，不等他开口，那黑大汉又说："明天你再带稀饭给我吃。"范十五点点头。一阵风吹来，有粒沙子迷了范十五的眼，范十五揉揉眼，再看黑大汉已不知了去向。

范十五掂着手中的金蛤蟆足有二两重，心里直犯嘀咕。一连三天都是如此。几天后，他拿着一个金蛤蟆到城里一家金店，换了很多元宝和散碎银子。用这些钱，他拆了自家的两间茅草屋，盖起了三间高大的青砖灰瓦房。

范十五突然发了，从一个穷小子变成了富户，村里人十分羡慕，可是有一个人由羡慕到嫉妒，此人是村里一个富户，叫范贵才，是个见巧就上、爱财如命之人。一天，他溜达到

范十五家和范十五叙起了本家，最后套问范十五发财的原因。范十五原本就是个老实人，说不好谎，把自己遇上黑大汉，稀饭换金蛤蟆的事儿，一五一十地说了出来。

第二年夏天，又到了锄玉米的时候了。范贵才主动义务包锄范十五家的那两亩沙岗地。一日，火辣辣的太阳晒着，范贵才在玉米地里热得快昏了过去，几次都想丢下锄头跑到大树下凉快凉快。眼看快坚持不住了，突然听到田头有人喊："范贵才，范贵才。"这范贵才像是猛抽了口大烟，顿时来了精神，三步并着两步跑到田头，见一个和范十五讲的一样的黑大汉，双手捧着装稀饭的特大号瓦罐，还没等黑大汉说话，范贵才就迫不及待地说："吃吧，吃吧，全吃完，稀饭就是为你准备的。"黑大汉吃完稀饭还没抹嘴，范贵才的双手就伸过去，范贵才接过一看和范十五的一样大，忙说："给错了，给错了，带的稀饭比范十五带的多三倍。"黑大汉没等范贵才说完，顺手又掏出两个金蛤蟆给他。就在范贵才高兴得直流口水的当儿，黑大汉一阵风似的走了。

范贵才捧着金蛤蟆一路小跑回了家。当晚，两口子计划好了如何用这

三只金蛤蟆。天亮后，范贵才带着三只金蛤蟆进了城找了家最大的银号。当他把三只金蛤蟆送上时，掌柜的拿过三只金蛤蟆也不答话，喊了几个人抓住范贵才一顿暴打。

范贵才被打得鼻口流血青头紫脸，拼命喊冤问为什么打他。银号掌柜的说，在本县十里八乡谁敢到他的银号搞欺诈，拿着三个铜蛤蟆敢到这里冒充金蛤蟆。范贵才又拿过金蛤蟆又是掂又是咬，怎么试还是金蛤蟆。但到了掌柜手里确实又是三只铜蛤蟆，范贵才又被一顿打。

后来，掌柜的看这范贵才如此固执，忽然想起了二十年前的传说：好心善良的穷人得到了金蛤蟆就是真金的，贪心的人得到的金蛤蟆，自己看是金的，别人看却是铜的。范贵才听后，觉得故事里的贪心人就是自己。

第三节　中国民间风物传说

一、自然景观传说

自然景观的神奇，源于大自然的鬼斧神工，比如峨眉山金顶佛光，就是一种神奇的自然现象。按照现代物理学的解释，佛光其实是一种彩光环，是日光在传播过程中，经过障碍

峨眉山金顶佛光

物的边缘空隙间产生的展衍现象，即衍射现象形成的。佛光的神奇之处在于，它的出现要有阳光、地形和云海等众多自然因素的结合，因此，只有在极少数具备了以上条件的地方才可欣赏到，比如峨眉山、黄山等地处温湿气候的大山。

而要解释这种现象，在没有现代物理学知识的情况下，只有借助于神仙了：

相传东汉永平年间，在峨眉山的华严顶下面，住着一个姓蒲的老人，大家都叫他蒲公。蒲公祖辈都是靠采药为生。他一年到头在峨眉山上到处采药，结识了宝掌峰下宝掌寺里的宝掌和尚。时间长了，两人的交情慢慢好起来。蒲公采药，常去宝掌和尚庙歇歇脚，宝掌和尚也常到蒲公家里谈

古论今。

一天，蒲公正在一个名叫云窝的地方采药，忽然听见天空中传来了音乐声音。他忙抬头一看，只见一群人马脚踏五彩祥云，直往金顶方向飘去。其中有一人，骑了匹既不像鹿又不像马的坐骑。蒲公心想，这些人能在天上驾云，不是神就是仙。于是跟着那片祥云，往金顶追去，想看看究竟是些啥子人。

蒲公来到金顶，见摄身岩下云海翻卷，彩虹万道。在五彩光环中，有一人头戴束发紫金冠，身披黄锦袈裟，骑了一匹六牙大象，头上有五彩祥光，脚下是白玉莲台。蒲公认不得是哪个，就赶着回来问宝掌和尚。刚到家里，就见宝掌和尚早已在等他。

宝掌和尚见蒲公回来就问："今天你到哪里采药去了？怎么一去就是半天？"蒲公把在金顶看到的事告诉了宝掌和尚。宝掌和尚一听大喜，忙说："哎呀！那是普贤菩萨嘛！我就想见普贤，求他指引佛法，走，我们再去一趟！"说完，拉着蒲公就向金顶跑去。

走到洗象池，宝掌和尚指着池旁边一片湿象蹄印说："你看，这不是普贤菩萨骑的白象在这里洗过澡

么？"说着更加快了脚步。不一会儿他们就到了金顶。宝掌和尚到摄身岩上往下看，只见岩下一片茫茫云海中，有一团七色宝光。宝掌和尚说："那七色宝光就是普贤菩萨的化身，叫做佛光。"

这时，蒲公忽然看见光环中又出现了普贤的金身，就忙叫宝掌尚看。可是等宝掌和尚看时，光环中却只出现了自己的身影。蒲公感到很奇怪，就问宝掌和尚："怎么光环中只出现你自己的影子？"宝掌和尚对他说"你每天采药，救人苦难，为大家做了许多好事，所以感动菩萨，向你现了金身。我做的好事还不如你多，所以不能看见菩萨的金身，只能看见菩萨头上的宝光。"

从此以后，人们就把能看见佛光当作一种吉祥的象征，并且给它起了个名字叫"金顶祥光"。峨眉山也发展成普贤菩萨的道场，历代修建寺庙时，都以普贤菩萨为中心，并发展成中国佛教四大名山之一。

关于峨眉山名字的由来，也有一个美丽的传说：从前，峨眉山只是一块方圆百余里的巨石，颜色灰白，高接蓝天，寸草不生。为了建设美好的家园，一个聪明能干的石匠同他的妻

子巧手绣花女，决心用他们的双手把巨石打凿成一座青山。天上的神仙为他们的决心和努力所感动。在神仙的帮助下，石匠把巨石凿刻成起伏的山峦和幽深的峡谷；绣花女把精心绣制的布帕和彩帕抛向天空，彩帕飘向山顶，变成艳丽无比的七彩光环；布帕飘舞在石山上，变成苍翠的树林、飘的彩云、飞瀑流泉、怒放的山花，变成欢唱的飞鸟、跳跃的群猴和游走的百兽。一座座青山起舞，一道道绿水欢歌。因为这座青山像绣花女的眉毛一样秀美，所以人们把这座青山叫峨眉山。

总之，我国地域广大，拥有无数的秀美河山，也有着无数的山水风景传说。这些美丽的传说，增添了大好河山的诗情画意，赋予了明媚山川迷人的魅力，也让我们这些炎黄子孙更加热爱这块养育了我们的土地。

二、人文景观传说

中国人文景观遍布全国各地，如群星般璀璨夺目，也是我们民间传说的重头戏。如与岳阳楼、滕王阁并称中国三大名楼的黄鹤楼，就有许多的民间传说流传，其中蕴含着深厚而丰富的仙道文化、民间智慧、文人流韵等传统文化内涵。

关于黄鹤楼的传说，最早见于公元502年左右的《南齐书》，书中有"世传仙人子安乘黄鹤去"的记载。《齐谐志》则说，仙人王子安乘黄鹤经过这里的一座山，因此山名黄鹤。后来有人在山上造了一座楼，名

黄鹤楼

为黄鹤楼。《述异记》上说，荀环喜好神仙之术，曾在黄鹤楼上看见有仙人乘坐黄鹤从天而降，仙人同他一起饮酒，然后乘鹤而去。《鄂州图经》说，费文祎登仙之后，曾经乘坐黄鹤到此休息。

而黄鹤楼名称由来的传说，以"辛氏修楼谢恩"与"吕洞宾乘鹤飞天"的故事流传最为广泛：

古时候，蛇山一直伸到江水里，临江的石壁象刀削斧砍的一样，被称为黄鹤矶。人们都喜欢登上黄鹤矶观赏长江的风光，每天游人如织，十分热闹。

有个姓辛的寡妇，见这里好作生意，就东拼西凑借了些钱，在黄鹤矶头开了一家酒店。尽管酒店的陈设简单，但是坐在店里可以一边饮酒，一边观赏江上风光，游人到了这里，谁不想来饮上几杯呢。

辛氏的生意日渐兴隆，她常常暗中感谢神仙保佑了她。有一天，一个老道走进酒店向她讨酒喝。辛氏见他衣衫破烂，骨瘦如柴，很是可怜，就笑脸相迎，以礼相待，给他端来了好酒好菜。谁知道老道吃饱喝足以后，连个招呼都不打就扬长而去了。

第二天，老道又找上门来，辛氏仍然用好酒好菜招待他。以后每天如此，辛氏从来不要他一文钱。不知不觉过了一个多月，一天，老道喝完酒对辛氏说："我要到远方去云游了。蒙你一向照料，不能不谢。"说着，拿起一块桔皮，在墙壁上画了一只黄鹤，说道："这黄鹤送给你了，以后有客人来喝酒，你只要招招手，黄鹤就会下来跳舞。"然后又指指店后的水井说："那水也会变成酒，怎么都打不完的。"辛氏正要拜谢，那老道却忽然不见了。

自从出了这样奇怪的事，谁都想到酒店来看黄鹤跳舞，尝尝仙酒的滋味，黄鹤矶上整日里人山人海，辛氏赚的钱像潮水般涌来，简直成了一步登天的活财神。

天长日久，辛氏变得越来越贪心，再也不把穷苦人放在心里，甚至把老道也忘记了。谁知，有一天老道突然回来了。辛氏见到老道，始终没提黄鹤和酒井给她带来的好处，还要求老道再给她变出些好东西来。老道沉思片刻，掏出一只笛子，用笛声唤下墙上的黄鹤说："这里不宜久留，我们走吧。"黄鹤展开双翅，驮着老道，飞向了遥远的天边。

黄鹤飞走了，酒井里的酒也还原

成了水。辛氏后悔不迭，决心痛改前非，就用全部家产在黄鹤矶头建了一座高楼，供游人登临观赏，也以此纪念老道和黄鹤，这楼就是著名的黄鹤楼。

另一则传说是说吕洞宾到武昌游玩，感觉这里风景优美，唯独缺少一个赏景的地方，于是就想造一座楼。他找来了铁拐李、何仙姑等诸位神仙，当大家都没有办法，恰好此时鲁班乘飞鸢从天上经过，便请鲁班帮忙。鲁班是神匠，一夜就把楼造好了，还为吕洞宾雕了一只木头黄鹤，吕洞宾非常高兴，载歌载舞地骑黄鹤飞走了。传说中完全没有了世俗人物，变成了神仙们的游玩乐趣了。

知识小百科

黄鹤楼

黄鹤楼位于武汉市蛇山的黄鹤矶头，面对鹦鹉洲，与湖南岳阳楼、江西滕王阁、山东蓬莱阁合称中国四大名楼。号称"天下江山第一楼"。

黄鹤楼始建于三国时期吴黄武二年（公元223年），传说是为了军事目的而建，孙权为实现"以武治国而昌"（"武昌"的名称由来于此），在形势险要的夏口城即今天的武昌城西南面朝长江处，修筑了历史上最早的黄鹤楼。

黄鹤楼历代屡毁屡建。现楼为1981年重建，以清代"同治楼"为原型设计。楼址仍在蛇山头。主楼高49米，共五层，攒尖顶，层层飞檐，四望如一。底层外檐柱对径为30米，中部大厅正面墙上设大片浮雕，表现出了历代有关黄鹤楼的神话传说；三层设夹层回廊，陈列有关诗词书画；二、三、四层外有四面回廊，可供游人远眺；五层为瞭望厅，可在此观赏大江景色。附属建筑有仙枣亭、石照亭、黄鹤归来小景等。

黄鹤楼是闻名中外的名胜古迹，它雄踞长江之滨，蛇山之首，背倚万户林立的武昌城，面临汹涌浩荡的扬子江，相对古雅清俊晴川阁，刚好位于长江和京广线的交叉处，即东西水路与南北陆路的交汇点上。登上黄鹤楼武汉三镇的诗流风光历历在目，辽阔神州的锦绣山河也遥遥在望。由于这独特的地理位置，以及前人流传至今的诗词、文赋、楹联、匾额、摩岩石刻和民间故事，使黄鹤楼成为山川与人文景观相互衿重的文化名楼，素来享有"天下绝景"和"天下江山第一楼"的美誉。

历代的考证都认为，黄鹤楼的名字是因为它建在黄鹄山上而取的。古代的"鹄"与"鹤"二字一音之转，互为通用，故名为"黄鹤楼"。因山得名的说法为黄鹤楼得名奠定了地理学基石，因仙得名的说法却令赏楼者插上了纵横八极的想象翅膀，满足了人们的求美情志和精神超越需求。

三、地方物产传说

中国幅员辽阔，复杂的地势气候条件与悠久的历史，为各种富有特色的物产创造了条件。著名的物产如丝绸、茶叶、瓷器等，都是享誉世界的品牌，也是历代进出口贸易的主要商品。当然，还有很多著名的地方物产，也是老百姓生活中不可缺少的实用品。

我国是最早织造丝绸的国家，传说是黄帝的妻子嫘祖发明了养蚕。有一次，嫘祖在野桑林里喝水，树上有野蚕茧落下掉入了水碗，待用树枝挑捞时挂出了蚕丝，而且连绵不断，愈抽愈长，嫘祖便用它来纺线织衣，并开始驯育野蚕。在苏州的民间传说

武夷山大红袍茶树

中，嫘祖成了轩辕黄帝三个女儿中最小的一个，被民间蚕农亲切地称为三姑娘。传说轩辕黄帝在天庭十二神兽帮助下，发明了织丝的织机，又从三姑娘梳头的篦子上得到启发而发明了筘筬，使经线在织造过程中不再被割断。

在中国茶文化中，各种名茶的故事传说也是其中重要的组成部分。如福建省武夷岩茶中的珍品，中国十大名茶中的大红袍，就有如下著名的传说：

古时，有一穷秀才上京赶考，路过武夷山时，病倒在路上，幸被天心庙老方丈看见，泡了一碗茶给他喝，果然病就好了，后来秀才金榜题名，中了状元，还被招为东床驸马。

一个春日，状元来到武夷山谢恩，在老方丈的陪同下，前呼后拥，到了九龙窠，但见峭壁上长着三株高大的茶树，枝叶繁茂，吐着一簇簇嫩芽，在阳光下闪着紫红色的光泽，煞是可爱。老方丈说，去年你犯鼓胀病，就是用这种茶叶泡茶治好。很早以前，每逢春日茶树发芽时，就鸣鼓召集群猴，穿上红衣裤，爬上绝壁采下茶叶，炒制后收藏，可以治百病。

状元听了，要求采制一盒进贡皇上。第二天，庙内烧香点烛、击鼓鸣钟，召来大小和尚，向九龙窠进发。众人来到茶树下焚香礼拜，齐声高喊"茶发芽！"然后采下芽叶，精工制作，装入锡盒。

状元带了茶进京后，正遇皇后肚疼鼓胀，卧床不起。状元立即献茶让皇后服下，果然茶到病除。皇上大喜，将一件大红袍交给状元，让他代表自己去武夷山封赏。一路上礼炮轰响，火烛通明，到了九龙窠，状元命一樵夫爬上半山腰，将皇上赐的大红袍披在茶树上，以示皇恩。说也奇怪，等掀开大红袍时，三株茶树的芽叶在阳光下闪出红光，众人说这是大红袍染红的。后来，人们就把这三株茶树叫做"大红袍"了。有人还在石壁上刻了"大红袍"三个大字。从此大红袍就成了年年岁岁的贡茶。

四、动物植物传说

在我们的现实生活中，离不开身边的那些动物、植物。这些动植物，有的会对我们造成伤害，但大多数是对我们的生活有益的，是大自然赋予人们的宝贵财富，也是我们衣食住行的生活保障。

比如，燕子就是一种与我们的生活密切相关的小动物，我国神话中的

中国十大名茶

西湖龙井：是我国的第一名茶，产于浙江杭州西湖的狮峰、龙井、五云山、虎跑一带，历史上曾分为"狮、龙、云、虎"四个品类，其中多认为以产于狮峰的品质为最佳。龙井素有"色绿、香郁、味醇、形美"四绝著称于世。

西湖龙井

洞庭碧螺春：产于江苏吴县太湖之滨的洞庭山。碧螺春茶叶用春季从茶树采摘下的细嫩芽头炒制而成，泡开那条索紧结，白毫显露，色泽银绿，翠碧诱人，卷曲成螺，故名"碧螺春"。

洞庭碧螺春

白毫银针：素有茶中"美女"、"茶王"之美称，是一种白茶，产于福建东部的福鼎和北部的政和等地。白毫银针满坡白毫色白如银，细长如针，因而得名。冲泡时，"满盏浮茶乳"，银针挺立，上下交错，非常美观；汤色黄亮清澈，滋味清香甜爽。

白毫银针

君山银针：产于岳阳洞庭湖的青螺岛，有"洞庭帝子春长恨，二千年来草更长"的描写。其冲泡后，三起三落，雀舌含珠，刀丛林立，有很高的欣赏价值。

君山银针

黄山毛峰：产于安徽黄山，主要分布在桃花峰的云谷寺、松谷庵、吊桥阁、慈光阁及半寺周围。这里山高林密，日照短，云雾多，自然条件十分优越，茶树得云雾之滋润，无寒暑之侵袭，蕴成良好的品质。

黄山毛峰

武夷岩茶：产于福建武夷山。武夷岩茶属半发酵茶，制作方法介于绿茶与红茶之间。其主要品种有"大红袍"、"白鸡冠"、"水仙"、"乌龙"、"肉桂"等。武夷岩茶品质独特，它未经窨花，茶汤却有浓郁的鲜花香，饮时甘馨可口，回味无穷。18世纪传入欧洲后，倍受当地群众的喜爱，曾有"百病之药"美誉。

武夷岩茶

安溪铁观音：产于福建安溪，铁观音的制作工艺十分复杂，制成的茶叶条索紧结，色泽乌润砂绿。冲泡后，有天然的兰花香，滋味纯浓。用小巧的工夫茶具品饮，先闻香，后尝味，顿觉满口生香，回味无穷，有健身美容的功效。

安溪铁观音

信阳毛尖：产于河南信阳车云山、集云山、天云山、云雾山、震雷山、黑龙潭和白龙潭等群山峰顶上，以车云山天雾塔峰为最。成品条索细圆紧直，色泽翠绿，白毫显露；汤色清绿明亮，香气鲜高，滋味鲜醇；叶底芽壮、嫩绿匀整。

信阳毛尖

庐山云雾：产于江西庐山。庐山气候温和，十分适宜茶树生长。庐山云雾芽肥毫显，条索秀丽，香浓味甘，汤色清澈，是绿茶中的精品。

庐山云雾

六安瓜片：产于皖西大别山茶区，其中以六安、金寨、霍山三县所产品最佳。六安瓜片每年春季采摘，成茶呈瓜子形，因而得名，色翠绿，香清高，味甘鲜，耐冲泡。六安茶入药最有功效，因而被视为珍品。

六安瓜片

"玄鸟生商"，说的就是燕子。在远古的黄河之滨，中原的天空是那样的蔚蓝，阳光是那样的明媚，一只"玄鸟"唱着歌儿从空中飞来。它是天的使者，原始部落的人们一个个对它顶礼膜拜。一个叫简狄的女人，吞服"玄鸟"下的蛋后，怀孕生下一个儿子叫契。契，即是阏伯，也就是传说中的商之始祖。

人类与植物的关系，可以追溯到原始社会早期人们对植物种籽的采集与食用，在这种采集过程中，人类尝试了各种植物的味道，逐渐知道了哪些植物要远离，哪些植物可以为人所用，进而发展为原始农业。同时，人们对身边植物的认识是一个循序渐进的过程，但在认识的早期，难免会一知半解，甚至会出现错误的解释。而当人们发现了一种植物的神奇，而有不能给予合理的解释时，传说也就生成了。

因为有着神奇的疗效，所以，人们对传统中药具有浓厚的兴趣，可

人参

以说，每一种中药材都有其各自的传说。比如中药材中的人参，就是一种神奇的植物，有关的传说也最多。

因为人参的形状很像人身，故而称为"人参"。有人甚至认为，传说中的寿星形貌，就是从人参的形状中得出的，因而人参有着延年益寿的功效。当然，更多的传说已经把人参人格化了，比如"人参姑娘"和"人参娃娃"的传说：

很久以前，长白山里的一片山坡上，住着一个人参姑娘和她的一群弟弟。这里山青水秀，草木繁茂，人参姑娘和弟弟们过着无忧无虑的生活。

这年春天，冰雪消融，有一伙挖参人来到这里，搭起窝棚住下，准备在这片山坡上寻找人参。可是，他们

一连干了几天，连一片人参叶子都没见到，大伙儿都有点泄气。领头的老汉外号"山里通"，他对大伙儿说这里山青水秀，草木放光，一定有大人参，让大家别泄气，大伙儿又安下心来在这片山坡上仔细搜寻。

这几天，人参姑娘带着弟弟们东躲西藏，担惊受怕。这天夜里，人参姑娘和弟弟们商量，让弟弟们都搬到别的山坡去住，自己在这儿看家，等挖参人走了后再去接他们回家。弟弟们怕姐姐被挖参人抓住，便要求姐姐和大家一起走。人参姑娘说自己一天能跑九个山头，挖参人捉不住，让弟弟们放心。

他们正这样商量着，这时，挖参人中有个青年人名叫进宝，出来解溲。他听到山坡上有人说话，心想半夜里还有谁在山坡上呢？于是，他悄悄走到附近，一看是个大姑娘和几个小男孩在商量事情。

进宝一不留神，脚下踩着的枯树枝发出"哗啦"一声响，姑娘和小男孩都不见了。进宝回到窝棚，把刚才看到的情景对山里通说了。山里通心里明白这是遇到人参姑娘了。他仔细问明地点，第二天一早就让进宝带着大伙儿直奔那里而去。

大家找了半天什么都没发现。这时，突然听到山里通大叫一声"棒槌"，大伙儿到跟前一看，什么都没有。山里通告诉大伙，刚才找到一棵人参，顶着两个红亮红亮的参籽，一喊就不见了。这就是一天能跑九个山

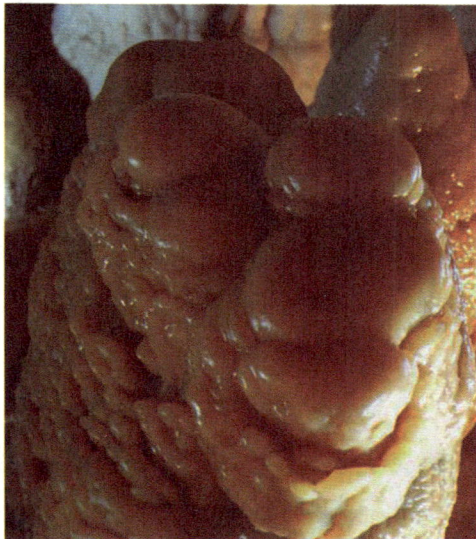

人参娃娃

头的人参姑娘。大家一听来了劲，忙让山里通带着去追人参姑娘。

山里通带着人一连追了八个山头，每个山头都有人看见过那个人参姑娘，但哪个山头也是一喊就不见了，只有进宝没有看见。日头眼看要下山了，大伙儿有点泄劲了，但进宝不服气，让大伙儿再追一个山头。

人参姑娘一口气跑了九个山头，累得直喘气。她找到一根被风刮倒的

树木，就躲到树木底下，心想只要太阳下山，挖参人就找不到自己了。正在这时，只听见乱草一阵响，人参姑娘还没回过神来，就被进宝挖出来了。大伙儿十分高兴，让山里通带着人参姑娘下山卖个好价钱。

人参姑娘被挖走了，人参娃娃回来找不到姐姐，急得直哭。他们找到进宝，非要进宝把人参姑娘放回来。进宝说自己也是穷苦人，靠进山挖人参养家，再说山里通已带着人参姑娘下山了。于是人参娃娃就交给进宝一根骨钎子，让进宝追上山里通，用骨钎子在那棵人参头上扎两个小眼，人参姑娘就能跑回长白山。

人参娃娃请他们放心，人参姑娘一定会等到卖给有钱的财主以后再回山，从而让进宝、山里通等穷苦人有饭吃。山里通一想也对，反正那些买参的财主钱也不是正路来的。就打开人参包，在人参头上扎了两个小眼。说也怪，这棵人参真像睁开了眼睛瞅着他们笑似的。

山里通到了城里，找到一户财主

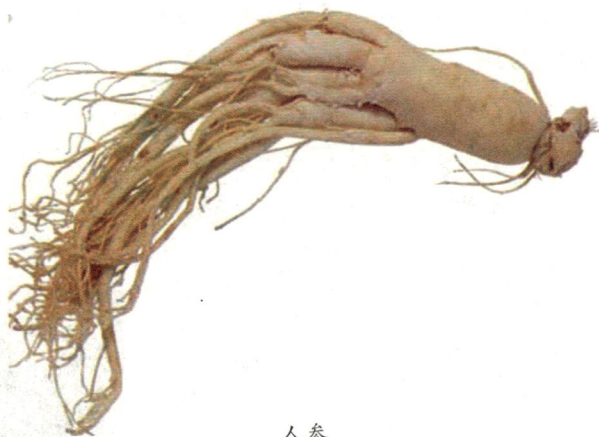

人参

家。财主一见这棵人参就眼睛放光，原来，这个财主也是个内行，他知道这是人参姑娘，百年难逢。于是，他出大价钱把人参买下了。

财主把家里人叫到一起，拿出那棵宝参来，用金钎子一敲银盘子，叫人参姑娘倒两碗茶。这时，就见这棵人参在银盘子里一转，没有了，但地下却突然站着个十四五岁的姑娘，拿着两碗茶水放在桌上。家人感到十分稀罕。财主又一敲银盘子，要人参姑娘再找十棵人参来。只见人参姑娘涨红了脸，在地上直转，转着转着升起一股白烟，姑娘刹那间就没踪影了，再一看银盘子里，人参也不见了。

当天晚上，进宝在长白山里又见到了人参姑娘。人参姑娘感谢进宝的好心，让进宝留在山里和她一起生活，照顾人参娃娃。从此，长白山里的人参娃娃都长得白白胖胖，漫山遍野，好心人很容易见到，而坏蛋费尽心机也找不到，因为人参娃娃都学会了一天跑九个山头的本领，坏蛋是追不上他们的。

五、实用器物传说

实用器物，是指在我们生产、生活中所使用的各种用具，包括我们工作中要使用的各种工具，以及我们的吃穿住行中的各种家用器具等。

瓷器是中国的著名物产，是一种

瓷器"美人祭"

精美的艺术观赏品，同时也是一种实用器物。日常生活中，我国离不开瓷器，以下传说是关于瓷器中的一个著名品种"美人祭"的：

从前，有一个皇帝，一天不小心把一只玉石酒杯摔碎了。这只酒杯可是一件稀世珍品啊！它小巧玲珑、鲜红透亮，在太阳或灯光的映照下，放射出耀眼的红光，就象一团火焰在燃烧。这样的酒杯打碎了，皇帝还能不心疼吗？他心急火燎，立时召来文武大臣，下令要他们再搞到一只。

大臣们听了，你看我，我看你，不敢作声。因为他们知道，这只酒杯，是一位石匠在十万大山中偶尔发现了一块红宝石，采出来做成的珍品，要再搞到一只，真比登天还难哩！皇帝见大臣们不回话，气得跺脚又挥拳。大臣们见皇帝发了火，吓得浑身打颤，一齐趴在地上，连气也不敢透啦！

这时，有一位姓潘的大臣，自告奋勇地向皇帝提出，他可以搞到一只同样的酒杯。原来，两年前他南下巡视，来到江西景德镇，看到这里的瓷工用泥巴烧做出来的瓷器，洁白晶莹，跟玉器一样的精美，心想：既然景德镇的瓷工能烧出白莹莹的瓷器，就不能烧出红艳艳的瓷器吗？他当即领了圣旨，耀武扬威地来到镇上要瓷工为皇帝烧造这种颜色的酒杯。

景德镇的瓷工听到这个消息可

109

慌了神，因为他们还从来没有烧过这种红颜色的瓷器哩！然而，皇帝的圣旨是不能违抗的。瓷工们百般无奈，开始点火试烧起来。大伙儿烧了一窑又一窑，可一件红颜色的瓷器也没有烧出来。潘臣心里也急了，他想，要真是烧不出来，自己丢了官事小，犯上个欺君之罪，那后果可就不堪设想了！他越想越害怕，就对瓷工下了最狠毒的命令：假若在限期内烧不出，就将瓷工们处死。

瓷工中有个姓梅的看火老师傅，他有一个女儿，名叫梅英。梅英看到

景德镇古窑

与自己相依为命的爹爹整日在窑里操劳，熬红了眼，累弯了腰，而红颜色的瓷器依然烧不出，就找了个机会，劝父亲逃走。但梅师傅却说："我们瓷工应该是有福同享，有难同当。现在只有设法烧出红瓷器来，才能保住大家的性命，使景德镇的窑火一代代旺下去。"梅英听了爹爹的一席话，羞愧得脸红了，双颊上象搽了层胭脂。是呀！自己都已经十六岁了，怎么一点也不懂事，竟想到逃跑！

可怎么才能烧出红颜色的瓷器呢？梅英急得吃不香，睡不安。这天晚上，梅英躺在床上，翻来覆去地老想着爹爹和瓷工们在窑前苦苦烧瓷的情景。不知过了多久才迷迷糊糊地睡着了。睡梦中，她只见一位白发苍苍的老爷爷来到她的床前，对她说："姑娘，你不是想烧出红颜色的瓷器来吗？景德镇郊外的东南乡有一座高岭山，山顶上有一种红釉石，找到它，就有办法了，你怕不怕困难？"梅英大喊不怕。这一喊，把自己喊醒了。

梅英很惊奇。她连忙爬起床，跑到窑上，把梦里的事说给听。梅师傅根本不相信，说："梦里的事不能当真，高岭山我去过多次，从没见到

有那种红釉石。"可梅英想到潘臣规定的限期已近，与其看着爹爹与瓷工惨遭杀害，不如去找找看，万一找到了，岂不是救了大伙的命吗？于是，她一个人悄悄地奔向高岭山。

高岭山，高万丈，到处是狼牙怪石。望着悬崖陡壁，梅英倒吸了一口冷气，有些胆怯。可是一想到瓷工们正在窑前受熬煎，梅英就有了勇气。她一步步地在悬崖陡壁上攀登，爬呀爬呀，好不容易攀上一个悬崖时，不料，穿在脚上的那双鞋子却掉下了万丈深渊。

没有鞋子怎么行呢！梅英只好脱下身上的罩裙，撕开来包在脚上，一步一步地向山顶爬。一会儿工夫，脚上的布又被锋利的岩石撕破了，皮肉也磨破了，鲜血一滴滴地流了出来，伤口痛极了，梅英简直不敢再走了。

这时梦中那位老爷爷的话在她耳边响起：要想找到红釉石，就不能怕困难。梅英顾不上双脚在流血，倏地站起来，继续向山顶爬去。梅英爬起又跌倒，跌倒又爬起，每爬一步，脚下便印出一朵血花，一朵又一朵，弯弯曲曲地伸向山顶。当梅英爬到山顶，由于流血过多，便一头栽倒在岩石上，昏迷过去。

再说梅师傅回到家里，不见了女儿，估计她一定到高岭山去了，就顾不得疲劳，连忙奔向高岭山。当他顺着血迹，找到了女儿，女儿已经双目紧闭，离开了人间。梅师傅抱着女儿哭得死去活来，那悲切的呼唤，一声声撼天动地。当他把女儿埋葬后，发现女儿躺过的地方，被鲜血浸透了，变成红艳艳的石头。

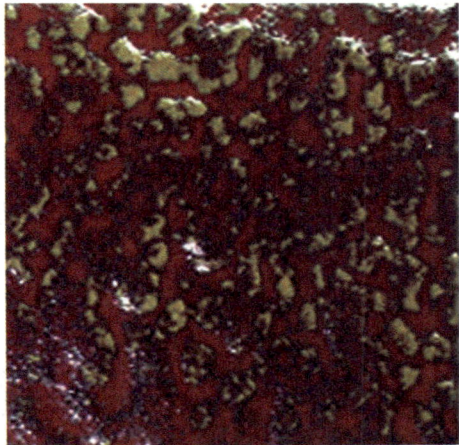

红釉石纹

梅师傅知道这就是要找的红釉石，就挖了出来，带回窑上，研磨成釉浆，涂在瓷坯上，经窑火一烧，果然，那釉面殷红光彩夺目的瓷器烧出来了。望着用女儿鲜血凝成的红色瓷器，梅师傅的眼泪就像泉水一般涌了出来。潘臣拿到比原先还要艳丽的红颜色酒杯，高兴得手舞足蹈，立即赶回京城，呈献给皇上。皇帝见了，连声赞叹，更加格外珍爱，还为潘臣加封，连升三级。谁能想到潘臣的高官厚禄，却是用一位年轻美丽的姑娘的生命换来的！

瓷工们为了纪念梅英，就把这种红颜色的瓷器，取名为"美人祭"。今天，在高岭山的山岩上，还可以寻见斑斑点点红的石头，据说，那是当年梅英的一腔热血浇灌出来的血花！

第四节　中国民间风俗传说

一、节庆习俗传说

节日的起源和发展是一个逐渐形成，潜移默化地完善，慢慢渗入到社会生活的过程。它和社会的发展一样，是人类社会发展到一定阶段的产物，我国古代的这些节日，大多和天文、历法、数学，以及后来划分出的节气有关，这从文献上至少可以追溯到《夏小正》、《尚书》，到战国时期，一年中划分的二十四个节气，已基本齐备，后来的传统节日，全都和这些节气密切相关。

最早的风俗活动和原始崇拜、迷信禁忌有关，神话传奇故事为节日凭添了几分浪漫色彩；还有宗教对节日的冲击与影响；一些历史人物被赋予永恒的纪念渗入节日，所有这些，都融合凝聚在节日的内容里，使中国的节日有了深沉的历史感。

比如春节，每年一到春节，各家各户就会张灯结彩，吃团圆饭，拜年，这是每年年末必须过的盛大节

端午节赛龙舟

日。但是，因为历史的久远，人们对这些风俗形成的原因已不得而知，于是就会好奇，人们就会编造一个故事来解释过新年的来历，于是，每个节日背后都有美丽的传说流传。

端午节也是我们非常熟悉的一个节日，这一天的主要风俗活动有：吃粽子，赛龙舟，挂菖蒲、艾叶，薰苍术、白芷，喝雄黄酒。据说，吃粽子、赛龙舟、喝雄黄酒，是为了纪念屈原：

相传，屈原死后，楚国百姓哀痛异常，纷纷涌到汨罗江边去凭吊屈原。渔夫们划起船只，在江上来回打捞他的真身。有位渔夫拿出为屈原准备的饭团、鸡蛋等食物，"扑通、扑通"地丢进江里，说是让鱼龙虾蟹吃饱了，就不会去咬屈大夫的身体了。人们见后纷纷仿效。一位老医师则拿来一坛雄黄酒倒进江里，说是要药晕蛟龙水兽，以免伤害屈大夫。后来为怕饭团为蛟龙所食，人们想出用楝树叶包饭，外缠彩丝，发展成粽子。以后，在每年的五月初五，就有了龙舟竞渡、吃粽子、喝雄黄酒的风俗。

总之，中国的节日具有深刻的历史和文化内涵，有着很强的内聚力和广泛的包容性，一到过节，举国同庆，这与我们民族源远流长的悠久历史一脉相承，是一份宝贵的精神文化遗产。

二、人生习俗传说

人生习俗传说，是围绕婚姻、生育、寿诞、丧葬等风俗习惯形成的传说。

在社会生活中，人际关系、社交往来、婚丧喜庆、吉凶祸福等，都有一系列的礼仪规定。历代统治者还时

土家族婚俗

常有"正礼俗"的举动，运用法制、哲理、教化等手段，将民间风俗纳入礼制的轨道。在礼制的约束下，人们不能超越自己的身份享用不该享用的物品，做出不合礼仪的举动，于是塑成了循礼蹈规、安分守己的民族性格，形成了拘谨、守成、俭约、古朴的民俗风情。

以婚姻礼俗为例，古往今来，经过数千年的演变，逐渐形成了一套繁

文缛节的形式。尽管各地婚俗不尽相同，但其繁复形式却都有着惊人的相似之处。汉族婚俗中一般都有如下一套过程：过文定、过大礼、备嫁妆、上头、正日出门、三朝回门等。

在中国传统的婚姻文化中，媒人是不可不提的。媒人，古代又称为"冰人"，又称"媒妁"，民间俗称"媒婆"、"红娘"、"月老"等。媒人所司职责，文雅的说法，是"通二姓之好，定家室之道"，通俗讲来就是男女婚事。古俗以春秋为嫁娶吉时，而冰天雪地的冬季才是媒人为男女撮合牵线之时，于是有"冰人"之称。而"月老"之说，则来自如下传说：

唐朝时候，有一位名叫韦固的人，有一次，他到宋城去旅行，住宿在南店里。

一天晚上，韦固在街上闲逛，看到月光之下有一位老人席地而坐，正在那里翻一本又大又厚的书，而他身边则放着一个装满了红色绳子的大布袋。韦固很好奇的过去问他说："老伯伯，请问你在看什么书呀！"那老人回答说："这是一本记载天下

男女婚姻的书。"韦固听了以后更加好奇，就再问说："那你袋子里的红绳子，又是做什么用的呢？"老人微笑着对韦固说："这些红绳是用来系夫妻的脚的，不管男女双方是仇人或距离很远，我只要用这些红绳系在他们的脚上，他们就一定会和好，并且结成夫妻。"韦固听了，自然不会相信，以为老人是和他说着玩的，但是他对这古怪的老人，仍旧充满了好奇，当他想要再问他一些问题的时候，老人已经站起来，带着他的书和

袋子，向米市走去，韦固也就跟着他走。

到了米市，他们看见一个盲妇抱着一个三岁左右的小女孩迎面走过来，老人便对韦固说："这盲妇手里抱的小女孩便是你将来的妻子。"韦固听了很生气，以为老人故意开他玩笑，便叫家奴去把那小女孩杀掉，看他将来还会不会成为自己的妻子。家奴跑上前去，刺了女孩一刀以后，就立刻跑了。当韦固再要去找那老人算帐时，却已经不见他的踪影了。

光阴似箭，转眼十四年过去了，这时韦固已找到满意的对象，即将结婚。对方是相州刺史王泰的掌上明珠，人长得很漂亮，只是眉间有一道疤痕。韦固觉得非常奇怪，于是便问他的岳父说："为什么她的眉间有疤痕呢？"相州刺史听了以后便说："说来令人气愤，十四年前在宋城，有一天保姆陈氏抱着他从米市走过，有一个狂徒，竟然无缘无故的刺了她一刀，幸好没有生命危险，只留下这道伤疤，真是不幸中的大幸呢！"

韦固听了，愣了一下，十四年

月下老人

前的那段往事迅速的浮现在他的脑海里。他想：难道他就是自己命仆人刺杀的小女孩？于是便很紧张的追问说："那保姆是不是一个失明的盲妇？"王泰看到女婿的脸色有异，且问得蹊跷，便反问他说："不错，是个盲妇，可是，你怎么会知道呢？"

韦固证实了心中的疑问，真是惊讶极了，一时间答不出话来，过了好一会儿才平静下来，然后把十四年前在宋城，遇到月下老人的事情，全盘说出。王泰听了，也感到惊讶不已。韦固这才明白月下老人的话，并非开玩笑，他们的姻缘真的是由神作主的。因此夫妇两更加珍惜这段婚姻，过着恩爱的生活。

不久，这件事传到宋城，当地的人为了纪念月下老人的出现，便把南店改为"订婚店"。

由于这个故事的流传，使得大家相信：男女结合是由月下老人系红绳，加以撮合的，所以，后人就把媒人叫做"月下老人"，简称为"月老"。

三、游艺习俗传说

游艺习俗传说，是围绕各种娱乐、游戏活动产生的传说。竹马游戏在民间非常盛行，有着悠久的历史，早在唐代，竹马游戏就已经非常普遍，如唐代大诗人李白《长干行》，仅几句话，男女儿童在一块儿活泼嬉戏的情景，已描绘得宛若目前。

竹马游戏也有着许多有趣的传说。刘昉是宋代著名的岭南医家，因位至龙图阁学士，后人称之为"刘龙

民间走"竹马"

图"。传说，仙人曾送给刘龙图一匹宝马，能日行万里。其实这宝马只不过是一截竹竿，出门时只要把这一截竹竿夹在跨下，竹竿就变成宝马，腾空而飞，不用一刻时辰，就可以从京城到达家乡。他晚间骑竹马与夫人团聚；早上又骑竹马上朝。连年都是如此。

起初，他母亲不知有这回事，明明儿子在朝为官，为什么每夜经常听到媳妇房里，有男人说话声音，媳妇难道与人有私？有一夜终于忍耐不住下，便敲门而入，见是自己儿子在房，又惊又喜，就问他怎么能夜夜回家，儿子把竹马一事向母亲如实说了。母亲好奇就把竹竿拿到房外天井一骑。据说女人有晦气，宝马被她这一污秽，灵性就大大消失了。

隔天，刘龙图再骑这竹马上京时，竹马飞得特别慢，日已将午，还走不上一半路程，他心中非常焦急。好在马鞭还不会失灵，他在扬马鞭时，把鞭指向太阳，叫太阳永远挂在远处

不动。当他慢吞吞赶到皇宫时，日还未午，皇帝和朝臣还未退班。过了一会，他把马鞭向太阳指去，太阳就滚下去了。

其实这个传说与鲁班造木鸢的传说非常相似，由此可见我国民间传说的可借鉴性。另外，浙江地区跳竹马的游戏，同样起源于一则民间传说，而传说中的人物就是一向被天神保佑的朱元璋。传说朱元璋被张士诚打败后，躲在淳安梓桐的打铁山石洞里，恰逢一匹竹扎架子外糊彩纸的竹马，他用鞭一抽，竟然昂首长啸，疯风快步奔跑起来。凭借这匹神马，他所向无敌，打败了元军，夺取了帝位。后来，淳安老百姓就制作竹马祭奠祖宗。起初的竹马只作祭具，腹中点蜡烛，用来观赏。

知识小百科

中国民间传统游戏

我国民间有各种娱乐游戏活动，如打秋千、放风筝、踩高跷、舞狮子、划旱船、扭秧歌、跳房子、老鹰捉小鸡、斗百草、骑竹马、猜灯谜、捉迷藏、斗蟋蟀、跳百索、拔河、射箭、赛马、赛龙舟、摔跤、下土棋、花儿会等，简介几种如下：

放风筝：风筝亦称"纸鸢"、"风鸢"等，历史悠久，流传甚广。相传春秋时公输般作木鸢以观宋城。据传五代汉李邺，于宫中作纸鸢，引线乘风而戏，后于鸢首以竹为笛，使风入竹中如筝鸣，故称"风筝"。唐代起风筝成为一种娱乐工具，但只限于皇宫和贵族府第。北宋后流传于民间。

打角螺：古称"抽陀螺"。俗称"打地老鼠"。角螺用小茶木削成牛角式尖的宝塔形，长两寸左右。玩者手持一根系着帝巾的小竹杆，先将帝巾缠住木角螺，向地下平开，角螺在地下顺时钟转动（左手持杆则为反时钟），不时用帝巾抽打角螺，也可由二人相对抽打角螺，使二角螺相撞，转得越久的为胜。

弹弓：亦称"崩弓子"。民间儿童玩具，用铁"豆条"弯成叉型两小环处各系一长短相等的皮筋，两皮筋另端各连在一长兽皮之两端。也有

117

用小树叉做弓身的。玩时一手握手柄，一手捏卖小石子的小兽皮，瞄准目标，向后一拉后松手，将石子射出。小孩玩弹弓总想射中小鸟和气球，但射中小鸟者少。

跳房子：民间儿童游戏，先在地上画六个方格，每一方格约两尺见方，每一格为一间。玩时先用小瓦片或一物掷向格内，以后用单脚跳入，把瓦片踢入其它格内，谁先跳完所有方格为胜。期间所踢的瓦片不得踢出格外或触及每格画线，违者要停跳，让其他人跳，等到下一次轮到自己时，继续自前次停止的格开始跳，胜者打败者的手掌。

跳绳子：古称"跳百索"。早在明代已流行，并传承至今。其跳法有一人自抛绳自跳，记数论胜负。亦有两人抛绳一人跳。或单脚跳、双脚跳。还有两人用两根绳交叉而抛，一人在中间用双脚跳等。

拈石子：亦称"抓子"、"拈石子"，民间儿童游戏。玩法是用小石子五粒，先把五粒石子握在手中，掷上其中一子，同时将其余四子掷于桌面或地上，俗称"放子"。而后开始拾子，即掷上一子，接而偷拾一子，再掷上一粒接而偷拾二子，依次拾完；再把四子都撒在桌上，掷上一子接而偷拾全部四子；最后把四子全部撒在桌上，掷上一子接而先偷拾对方选定二子，再把其余二子叠高，再偷拾之。按以上程序顺利完成者为赢。

老鹰捉鸡：也称"老鹰捉小鸡"，由数人组成，首先由一人自称老鹰，其余人排成纵队最前面的人伸开双手挡住老鹰，第二人双手捏住前面一人的腰带，后面依次的串起来，然后由老鹰来抓最后的那人，玩时忽前忽后，时左时右，直至抓住最后的一个为胜。至今乡下仍有小孩喜欢这一游戏。

解䌷䌷：民间儿童游戏。由二人或多人轮流玩耍，用一根细线绳，两端连接为

环形，先由其中一人用双手撑开构成一种几何图形，然后由另一人双手用挑、穿、勾等方法改变原来的图形，这样二人或多人轮流解翻，巧妙的翻出各种图形，能者为胜。玩者以性者多。

挺逮藏：民间儿童集体游戏。"瞎子挺骗子"是挺逮藏之一先由数人手拉手的围成一个圆圈，其中一人用手帕包住双眼扮瞎子，另由一人将一只手博在腰上装骗子。游戏开始时，骗子在圈内边吹口哨边跳动，瞎子顺着哨声扑挺，如挺住骗子即胜，可换另一对再挺。

……

四、民族民风传说

中国是个统一的多民族国家，生存在这块土地上的各个民族统一于整个中华民族之中，各民族丰富多采的民俗风情构成了中国民俗的整体。由于各民族历史进程的不同，反映在民俗上，便构成各个不同历史时期的民俗并存的特点。同时，地域与文化上的差别，也使各民族在衣食住行、社会交往、人生仪礼、游戏娱乐等各个方面都形成了差别明显、各具特色的民俗风情。

比如，献哈达是藏族最普遍的一种礼节。婚丧嫁娶、民俗节庆、拜会尊长、拜佛，迎送宾客等等场合，通常都要献哈达。哈达是一种生丝制品，长短不一，献哈达是对人表示纯洁、诚心、忠诚的意思。自古以来，藏族认为白色象征纯洁、吉利，所以哈达一般是白色的。

藏族是信奉喇嘛教的民族，以敬献哈达作为普遍而又尊贵的礼节。敬献动作因客人身分而异：对尊者，长辈，要举双手过顶；对平辈，只要双手送到对方手上；对晚辈则系在他们颈上。献哈达都必须鞠躬，不得用手接送。

到藏族人家做客，主人便会敬酒，一般是青稞酒。青稞酒是不经蒸

献哈达

馏、近似黄酒的水酒，度数十五度至二十度。敬献客人时，客人须先啜三口，每喝一口主人都要掺满，最后再喝干一满杯。喝茶则是日常的礼节，客人进屋坐定，主妇或子女会来倒酥油茶，但客人不必自行端喝，得等主人捧到你面前才接过去喝，这样，才算懂得礼貌。

西双版纳是中国小乘佛教集中之地，因此，傣族的风俗禁忌大多与佛教有关，到西双版纳旅游应该注意的有以下几点：遇上傣族群众在祭祀寨神时，千万别进寨子。不能摸小和尚的头。进寺庙参观一定要脱鞋。进了傣族群众家，千万不能窥看主人的卧室，也不能从火塘的三角架上跨过。

蒙古族热情好客，讲究礼貌。他们以蒙古包为中心的待客礼仪，主客之间都要有许多规矩，要分别遵守。主人迎客要立于门外西侧；要"浅茶满酒"；家宴是手抓肉或全羊席；送客要送到包外或边界，要扶客人上马，目送客人走出一段后方可返回包房。

客人应在包房后下马；勿手持马鞭进入包房；不要踢打牲畜，不得骑马闯入羊群，不得追打猎犬和看家犬；不要称赞主人的孩子和牲畜；未经允许不要进入包房；在包房内不要随便就坐，不能蹲，不能将腿伸向西

西双版纳

北方或炉灶，不要吐痰，不要从主人的衣帽、枕头、被褥上跨过；出入包房不要踩踏门槛；不要用烟竿、筷子、剪刀指别人的头部；礼品要成双，送接礼品用双手，忌用单手，更忌左手接礼；告辞时从左侧离开包房，出门后，不应马上上马或上车等。

苗族讲究真情实意，非常热情，最忌浮华与虚伪。主人路遇客人不抢走第一步，不走在前面；交谈中用敬语称呼；迎客要穿节日服装；对贵客要到寨外摆酒迎候；客人到家门，男主人要叫门，告知在家的女主人，女主人要唱歌开门迎客；在客人面前，女主人不登高上楼；宴会上以鸡、鸭待客为佳肴，尤以心、肝最贵重，要先给客人或长者，客人则分给众人享用，次序是先长后幼。

客人不要称主人"苗子"，他们喜自称"蒙"；禁杀狗、打狗，不吃狗肉；不能坐苗家祖先神位的地方，火炕上三角架不能用脚踩；不许在家或夜间吹口哨；不能拍了灰吃火烤的糍粑；嬉闹时不许用带捆苗家人；遇门上悬挂草帽、树枝或婚丧祭日，不要进屋；路遇新婚夫妇，不要从中间穿过等。

维吾尔族

维吾尔族

维吾尔族待人接物很讲礼貌。路遇长者或宾朋，手按胸部中心，向前倾斜30度；来客，全家出迎，尔后女主人托盘端上茶水敬客；陪老人吃饭或到别人家做客，要做"都瓦"（一种双手摸脸的祝福）。

维吾尔族的饮食禁忌与伊斯兰教相同。他们忌用单手接送礼物；忌穿短裤、短小衣物外出；睡觉时禁头东脚西，禁四肢平伸仰卧。做客时洗手不可将湿手乱甩；不能在长者就座之前入坐；吃抓饭不要用手乱抓或抓了再放回去；吃剩残物不要乱扔；用餐时不要从餐布或主人面前跨过；不要当着主客的面吐痰、擤鼻涕等。

朝鲜族有热情待客、尊老爱幼的传统。客人进门前，要先干咳一声，或以"在家吗？"向主人示问；脱鞋进门，进门上炕；对长者起立让坐，为长者让路；让客人吃饱吃好；客人吃饱，汤匙应放在桌上，或放在汤碗内；请客吃饭，主人要奉陪到底，不在客人之前离席；对稀客、贵客要以酒相待；节日饮食要与邻居分享。

朝鲜族家庭礼节严格，讲究父慈子孝，晚辈敬重长辈。一般老少不同席，老人单独设席；晚辈要待长者用餐后方可举筷，不得在老人面前喝酒抽烟，如无法回避也要转身而饮；对六十岁的老人，全家要举行庆花甲仪式，跪拜敬酒祝寿。

在西藏民间，天葬是较为常见的一种丧葬形式。所谓天葬，就是将死者的尸体喂鹫鹰。鹫鹰食后飞上天空，藏族则认为死者顺利升天。天葬在天葬场举行，各地有固定地点。人死后，停尸数日，请喇嘛念经择日送葬。出殡一般很早，有专人将尸体送至天藏场。天葬师首先焚香供神，鹫

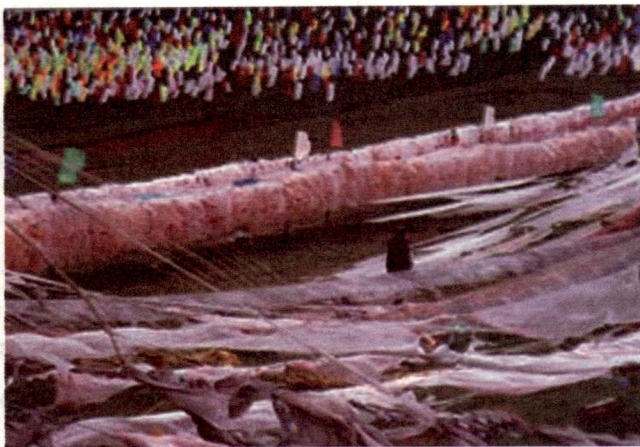

藏族的天葬场

见烟火而聚集在天葬场周围。天葬师随即将尸体衣服剥去，按一定程序肢解尸体，肉骨剥离。骨头用石头捣碎，并拌以糌粑，肉切成小块放置一旁。最后用哨声呼来鹫，按骨、肉顺序别喂食，直到吞食净尽。

关于藏族的天葬风俗，有三个传说是讲述它的来历的。传说之一，藏王聂赤赞普是天神之子，他经由天梯下凡拯救世俗，在完成任务后，又沿天梯回到天堂，而他的六位继承者也同他一样是通过天梯返回天堂的，但是到了第七位继承者直贡赞普时，却因为受到一个大臣的诱惑而被敌人杀死，从此天梯也被切断了，人们借助了神鸟的双翼将直贡赞普送入天堂。传说之二，受佛教中"舍身饲虎"等故事的影响，认为灵魂脱离躯体后，

驱体就成了无用的皮囊，把它献给大地的生灵，也算是人生最后的一桩善行。传说之三，天葬习俗是由印度僧人帕当巴桑杰传入西藏的，它被西藏佛教徒们认为是最理想的归宿。

五、十二生肖传说

据历史记载及研究证明，生肖是继"干支纪年法"创立后才出现的，十二种动物是对十二地支的一一对应，以动物作地支标志。哪年出生的人就有哪年的地支所配属的动物，由此以十二种动物用来纪年、纪日和计算每一个人的属相。从中可以看出，生肖的产生源于古人的动物崇拜心理，因为每个人都对应一个生肖，所以它又与人的人生命运联系在一起。出于对生肖的关注，相关的传说也非

十二生肖剪纸

常多，比如关于十二生肖是如何排列次序的，就有一段非常有趣的传说：

混沌初分，天干地支刚定时，玉皇大帝下令普召天下动物，要按子、丑、寅、卯、辰、巳、午、未、申、酉、戌、亥十二地支选拔十二个属相。

消息传出后，惊动了花猫和老鼠这两个相好的朋友。花猫对老鼠说："明日五更去天庭应选，我有个贪睡的毛病，到时你可要喊我一声啊！"老鼠连声道："好说，好说！"可是第二天一早，不讲信义的老鼠却偷偷起床不辞而别了。

这天，灵霄宝殿上禽兽云集，开始应选，玉帝按天地之别，单挑了龙、虎、牛、马、羊、猴、鸡、狗、猪、兔、蛇、鼠十二种水陆兽类来作十二属相。公鸡当时长着两只美丽的角，也被列入兽类里。

玉帝刚要给它们排一下座次，只见黑狸猪闪了出来，别看它生得笨嘴拙腮，却专爱惹事生非，它奏道："玉帝既已选好首领，小臣愿替君分忧解愁，当个公正人，为

兄弟们依次排位。"玉帝闻言大喜，嘱咐猪要秉公而断，就退朝了。

玉帝一走，十二生肖就闹成了一锅粥。开头，大家一致推选温和、宽厚的老黄牛居首位，连威武的老虎、苍龙也敬它几分，表示同意。可是，缩在墙角的老鼠却钻了出来，提出抗议。它说："论大数我大，不信咱们到人间比试比试，听听百姓的评论。"于是，老黄牛和老鼠来到街头闹市。

牛在人群中走过时，人们毫无反应。这时，老鼠"哧溜"一下子爬到牛背上打起立桩来，街上的人们纷纷乱嚷："好大的老鼠！"等人们拿出棍棒赶来扑打时，老鼠早已跑远了。

老鼠回来大吹大擂，众动物都替黄牛打抱不平，只有黑猪暗自高兴，它觉得只有这样大小不分，好坏难辨，才能鱼目混珠，自己也从中渔利，于是，它大笔一挥先挑了老鼠，后排了老牛。

这可惹恼了在一旁的老虎和苍龙，它俩大声喧叫起来，震得众动物们发抖。众动物忙向龙和虎朝拜，一致推选老虎为山中之王，苍龙为渔中之王，统管天下。猴子为老虎写了"王"字金匾，挂在老虎前额上，公

鸡把两只角送给了苍龙。从此，苍龙戴上了桂冠。老虎、苍龙有了人间权势，也就甘居老鼠和老黄牛之后了。

这时，又跳出一个多事的野兔，它冷笑一声说："嘿嘿！论长相我和老鼠差不多，论个子我比老鼠大，我是山王的护卫，应该排在海王前面。"苍龙一听大怒，说："你休得胡搅蛮缠，不服气咱就比试比试。"黑猪一听正中下怀，忙说："一言为定，你们就比比赛跑吧，让猎狗来做你们的裁判员。"

狗和鸡素来不和，它见鸡讨好龙，便想借机捉弄它们一下，它选了

十二生肖

条荆棘丛生的跑道，暗地里对兔说："你的尾巴太长了，会妨碍比赛的，要忍痛割爱。"于是给兔子剪断了一大截尾巴，只剩下一点尾巴根。

比赛开始了，苍龙腾云驾雾，片刻间就飞到了前面去了，可是，当跑到灌木丛中时角就被树藤挂住了，怎么也摘不下来。野兔一蹿十八个坨，一口气跑到了终点。

黑猪不顾众动物的反对，把兔子排在了苍龙之前老虎之后。狗去给野兔贺喜，它向兔卖好说："要是不选这样的跑道，不帮你割断尾巴，你哪有今天的胜利呀。"野兔正捧着那截粗大的尾巴惋惜，听了狗的话，撇着三瓣嘴说："哼！我是凭本领取胜的，没有你，我还丢不了这条漂亮的尾巴呢！"

狗一听，眼都气红了，它说："既然你有本领，那咱们也遛一遭！"野兔傲慢地说："这有什么难，我先跑，你要能追上我，我请你啃骨头。"说着就得意洋洋地跑起来。猎狗磨了磨爪子，箭一样地追了上去。不一会儿，就撵上了野兔，它用嘴咬住野兔的脖子，一边吃一边说："好了，这下该我啃骨头了。"为这事，狗也受了处分，被排到最后头。

苍龙比赛失败后，经常背地里抱怨那对鸡角挂累了它，公鸡听到了又后悔又伤心，它来到海边对龙说："龙哥哥，既然这两只角对你毫无益处，那就请你还给我吧。"龙狡猾地说："这双角虽然害了我，但能装饰我的仪表，还你不难，要等太阳出西山，月亮下东海。"说完，便一个猛子扎下海底去了。天真的公鸡信以为真，它每天天不亮就起来，盼望太阳从西山出来，还不时伸长脖子，向大海呼叫："龙哥哥……角还我……"从此，公鸡失去了两只角，也被排在后头。

只剩下猴、蛇、马、羊、猪的排位没有确定了。猪又别有用心地煽动起来："猴弟是陆上的杂耍大王，蛇弟是水中的泅渡能手，你们谁先谁后呢？"经过一番议论，它们决定再到人间进行一次民间测验，进行杂技表演。青蛇邀了红马，猴子邀了山羊，让它俩帮助做服装道具。

当时，蛇腹下有十二条腿，行走起来又笨又慢。红马是个助人为乐的实干家，它不声不响地用薄皮给蛇做了一身去筒龙衣，龙衣上面用马鬃编了方格花纹，煞是好看。红马又从腹下刮了一层油脂涂在龙衣上，使龙衣

非常滑腻。青蛇穿上龙衣，遮住了笨腿，用滑行代替了步行，既灵敏又美观。

山羊平时就讨厌猴子，嫌它整天蹿上跳下，给它踩坏了青草，所以对猴子的帮助不那么热心，猴子想弥补一下光腚的缺陷，向山羊求援道："羊大哥，请你剪给我一点绒毛，让我补补后腚吧。"山羊不高兴地说："天要冷了，你知道我全凭这身宝衣呢！"猴子没办法，只好仍旧光着腚。

比赛那天，青蛇披着龙衣，一会儿在树枝上盘卷如藤，一会儿在水面上滑行如梭。它昂起头颈，只用尾尖着地，表演各种杂技，人们连连喝彩。轮到猴子表演了，只见它攀杠子、荡秋千，也赢来不少喝采，当表演到"倒挂竹帘"时，猴子用尾尖卷在树枝上，头朝下做起各种惊险动作，忽听有人喊："看啊！猴屁股眼着火了！"人们都大声哄笑起来。猴子向来护短，它脸红心慌，忙用尾巴去遮屁股，只听"扑通"一声，头朝下跌了个满脸花。就这样，青蛇和红马排在了前头，山羊和猴子排在了后头。

给众动物排完座次，黑猪把自己写在最前头，心里想，这回可是我升官发财、名利双收的时候了！它来到灵霄殿，见了玉帝。玉帝接过座次表，看了一眼，二话没说，就把前面黑猪的名字勾掉，填在最后头。于是，玉帝让太白金星按地支排写成：子鼠、丑牛、寅虎、卯兔、辰龙、巳蛇、午马、未羊、申猴、酉鸡、戌狗、亥猪十二生辰表，并降下一道谕旨，令值日功曹到人间发布。

排选已定，玉帝怒气未消，又给黑猪批几句话：无用蠢才，颠倒黑白。罚去吃屎，一年一宰。黑猪被贬，一下子气了个大肚子。它终日躺在茅窝里，再也懒得管闲事了。可是，有时仍然心里发痒，按捺不住，用嘴巴拱这拱那，拨弄是非。

老鼠回到家里，高兴地捋着三根半胡须跳起舞来，把熟睡的花猫惊醒了。花猫问："还不到时候吗？"老鼠说："早过了，咱还争了第一呢！"说着向花猫绘声绘色地吹嘘起自己的乖巧。花猫恼悔地说："我再三跟你说过，你怎么不叫我一声呢？"老鼠却抢白花猫说："你自己没长耳朵？我叫你去，你还兴许抢了我的位置呢！"猫一听，气得长须倒竖，杏眼圆睁，它张开锋利的爪子，一个箭步扑上去，把老鼠吃掉了。从此，猫和老鼠就成了世代冤家。

第五章
中国民间四大传说及其历史演变

第五章 中国民间四大传说及其历史演变

中国民间传说数量众多，其中，流传最广、影响最大、最具有中国特色的是著名的《牛郎织女》、《孟姜女》、《梁山伯与祝英台》和《白蛇传》四大民间传说。

中国民间传说的总体特征，可以概括为时空的广延性、结构的开放性、内涵的多重性、思想的人民性、风骨的民族性五个方面。一般说来，这些特征为民间文学作品所共有，但在"四大传说"中却表现得特别强烈和突出。

首先，"四大传说"如同我国雄浑古老的长江、黄河一样，源远流长。到今天，可以说在祖国九百六十万平方公里的土地上，无一处无"四大传说"的流传，可谓家喻户晓、老幼皆知。这是其他传说无法比拟的。

其二，"四大传说"的每部作品都有一组比较定型的核心结构，这种核心结构是一个开放性系统，在传说的历史演进中，情节不断生成，不断扩展，不断追加，逐步由少而多，由简而繁，从而使整个传说呈现出蓬勃的生机和庞大的规模。

其三，由于生成于遥远的年代，又长期广泛地流传着，这就使它不断地接受纵、横多方面的积淀，成为具有多重精神内涵的民族文化的活化石。

其四，"四大传说"在千百年的历史流传中，由于受到人民大众的由衷喜爱和积极哺育，人们不断地把自己对社会现实的认识，从现实中积蓄起来的爱憎感情，以及对生活的愿望和理想，注入其中，因而其思想内容同人民大众之间有着极为密切的血肉联系，显示出深刻的人民性。

最后，"四大传说"是中华民族精神文化的产儿。在悠久的历史发展中，它们一直吸吮着母亲的乳汁，形成了具有鲜明民族特色的风骨。

总之，"四大传说"具有众多的民间版本和深刻的文化内涵，值得我们重点介绍。

第一节　牛郎织女传说及其历史演变

一、牛郎织女的传说

天上有个织女星，还有一个牵牛星。织女和牵牛情投意合，心心相印。可是，天条律令是不允许男欢女爱、私自相恋的。织女是王母的孙女，王母便将牵牛贬下凡尘了，令织女不停地织云锦以作惩罚。

织女的工作，便是用了一种神奇的丝在织布机上织出层层叠叠的美丽的云彩，随着时间和季节的不同而变

年画中的"牛郎织女"

幻它们的颜色，称作"天衣"。自从牵牛被贬之后，织女常常以泪洗面，愁眉不展地思念牵牛。她坐在织机旁不停地织着美丽的云锦以期博得王母大发慈心，让牵牛早日返回天界。

一天，几个仙女向王母恳求想去人间碧莲池一游，王母今日心情正好，便答应了她们。她们见织女终日苦闷，便一起向王母求情让织女共同前往，王母也心疼受惩后的孙女，便令她们速去速归。

话说牵牛被贬之后，落生在一个农民家中，取名叫牛郎。后来父母下世，他便跟着哥嫂度日。哥嫂待牛郎非常刻薄，要与他分家，只给了他一条老牛，叫牛郎自立门户。

从此，牛郎和老牛相依为命，他们在荒地上披荆斩棘，耕田种地，盖造房屋。一两年后，他们营造成一个小小的家，勉强可以糊口度日。可是，除了那条不会说话的老牛而外，冷清清的家只有牛郎一个人，日子过得相当寂寞。牛郎并不知道，那条老牛原是天上的金牛星。

这一天，老牛突然开口说话了，它对牛郎说："牛郎，今天你去碧莲池一趟，那儿有些仙女在洗澡，你把那件红色的仙衣藏起来，穿红仙衣的仙女就会成为你的妻子。"牛郎见老牛口吐人言，又奇怪又高兴，便问道："牛大哥，你真会说话吗？你说的是真的吗？"老牛点了点头，牛郎便悄悄躲在碧莲池旁的芦苇里，等候

仙女们的来临。

不一会儿，仙女们果然翩翩飘至，脱下轻罗衣裳，纵身跃入清流。牛郎便从芦苇里跑出来，拿走了红色的仙衣。仙女们见有人来了，忙乱纷纷地穿上自己的衣裳，像飞鸟般地飞走了，只剩下没有衣服无法逃走的仙女，她正是织女。

织女见自己的仙衣被一个小伙子抢走，又羞又急，却又无可奈何。这时，牛郎走上前来，对她说，要她答应做他妻子，他才能还给她的衣裳。织女定睛一看，才知道牛郎便是自己日思夜想的牵牛，便含羞答应了他。这样，织女便做了牛郎的妻子。

他们结婚以后，男耕女织，相亲相爱，日子过得非常美满幸福。不久，他们生下了一儿一女，十分可爱。牛郎织女满以为能够终身相守，白头到老。

可是，王母知道这件事后，勃然大怒，马上派遣天神仙女捉织女回天庭问罪。这一天，织女正在做饭，下

地去的牛郎匆匆赶回，眼睛红肿着告诉织女："牛大哥死了，他临死前说，要我在他死后，将他的牛皮剥下放好，有朝一日，披上它，就可飞上天去。"织女一听，心中纳闷，她明白，老牛就是天上的金牛星，只因替被贬下凡的牵牛说了几句公道话，也被贬下天庭。它怎么会突然死去呢？织女便让牛郎剥下牛皮，好好埋葬了老牛。

正在这时，天空狂风大作，天兵天将从天而降，不容分说，押解着织女便飞上了天空。正飞着、飞着，织女听到了牛郎的声音："织女，等等我！"织女回头一看，只见牛郎用一对箩筐，挑着两个儿女，披着牛皮赶来了。慢慢地，他们之间的距离越来越近了，织女可以看清儿女们可爱的

模样子，孩子们也都张开双臂，大声呼叫着"妈妈……"

眼看牛郎和织女就要相逢了，可就在这时，王母驾着祥云赶来了，她拔下她头上的金簪，往他们中间一划，霎时间，一条天河波涛滚滚地横在了织女和牛郎之间，无法横越了。

织女望着天河对岸的牛郎和儿女们，直哭得声嘶力竭，牛郎和孩子也哭得死去活来。他们的哭声，孩子们一声声"妈妈"的喊声，是那样揪心裂胆，催人泪下，连在旁观望的仙女、天神们都觉得心酸难过，于心不忍。王母见此情此景，也稍稍为牛郎织女的坚贞爱情所感动，便同意让牛郎和孩子们留在天上，每年七月七日，让他们相会一次。

从此，牛郎和他的儿女就住在了天上，隔着一条天河，和织女遥遥相望。在秋夜天空的繁星当中，我们至今还可以看见银河两边有两颗较大的星星，晶莹地闪烁着，那便是织女星和牵牛星。和牵牛星在一起的还有两颗小星星，那便是牛郎织女的一儿一女。

牛郎织女相会的七月

七日，无数成群的喜鹊飞来为他们搭桥。鹊桥之上，牛郎织女团聚了！织女和牛郎深情相对，搂抱着他们的儿女，有无数的话儿要说，有无尽的情意要倾诉啊！

传说，每年的七月七日，若是人们在葡萄架下葡萄藤中静静地听，可以隐隐听到仙乐奏鸣，织女和牛郎在深情地交谈。真是：相见时难别亦难，他们日日在盼望着第二年七月七日的重逢。

二、牛郎织女传说的历史演变

"织女"、"牵牛"二词见诸文字，最早出现于《诗经》中的《大东》篇。诗中的织女、牵牛只是天上两个星座的名称，它们之间并没有什么关系。

西汉时，牛郎织女被描述成两

位神人，班固的西都赋中曾有描写。到了东汉时期，无名氏创作的《古诗十九首》中，有一首《迢迢牵牛星》，从中可以看出，牵牛、织女已是一对相互倾慕的恋人，不过诗中还没有认定他们是夫妻。

在文字记载中，最早称牛郎、织

女为夫妇的，应是南北朝时期梁代的肖统编纂的《文选》。这时，"牛郎织女"的故事和七夕相会的情节，已经初具规模了，由天上的两颗星宿，发展成为夫妻。但在古人的想像中，天上的夫妇和人间的夫妇基本上是一样的，因此，故事中还没有什么悲剧色彩。

民间认为织女聪明美丽、多才多艺，在七月七日晚间，向织女乞求智巧，可以除去笨拙，变得眼明手巧，

故亦称为"乞巧节"；又因为参与乞巧活动的大多为闺阁妇女，因此又叫"女儿节"。是日妇女多在庭院聚会，穿新衣、拜双星、摆香案、供果品、穿针引线、搭接彩缕，进行各项乞巧活动。于是，人们就把牛郎织女故事和民间习俗揉合到在了一起。

随着时间的流逝，这个故事在继续丰富和发展。在《荆楚岁时记》中，牛郎织女的故事发展就起了较大的变化。由于牛郎织女婚后贪图享乐，因而激怒了天帝，受到惩罚，这便给故事带来了悲剧气氛。

为什么在后一个传说中，要加进老牛这个角色，并使它在故事中发挥了巨大的作用呢？因为牛是农家宝，农民热爱耕牛，甚至还在耕牛身上寄托着自己的生活理想。生活的理想遭到阻碍时，农民容易产生救助于牛的幻想，希望牛发挥神奇的力量，帮助自己度过难关。同时，把动物人格化，也是各种民间传说经常采用的艺术手法之一。

牛郎织女的传说很早就被用作戏剧的资料，京剧、话剧和各地的地方戏里多半有"牛郎织女"这出戏。现代有《牛郎织女》同名戏曲电影，由上海海燕电影制片厂与香港大鹏影业

公司于1964年联合拍摄，故事与民间传说内容相似。另有香港TVB同名香港电视剧，故事情节较有变化。

第二节　孟姜女传说及其历史演变

一、孟姜女的传说

相传，在秦朝的时候，有一户姓孟的人家，种了一棵瓜，瓜秧顺着墙爬到姜家结了瓜。瓜熟了，一瓜跨两院得分啊！打开一看，里面有个又白又胖的小姑娘，于是就给她起了个名字叫孟姜女。

孟姜女长大成人，方圆十里、八里的老乡亲，谁都知道她是个人好、活好、聪明伶俐，老两口更是把她当成掌上明珠。

这时候，秦始皇开始到处抓夫修长城。有一个叫范喜良的公子，是个书生，吓得从家里跑了出来。他跑得口干舌燥，刚想歇脚，找点水喝，忽听见一阵人喊马叫和咚咚的乱跑声。原来这里也正在抓人哩！他来不及跑了，就跳过了旁边一堵垣墙。原来这垣墙里是孟家的后花园。

这功夫，恰巧赶上孟姜女跟着丫环出来逛花园。孟姜女一看，范喜良是个白面书生模样，长得挺俊秀，

就和丫环回去报告员外去了。老员外在后花园盘问范喜良的家乡住处，姓甚名谁，何以跳墙入院。范喜良一五一十地作了口答。员外见他挺老实，知书达礼、就答应把他暂时藏在家中。

范喜良在孟家藏了些日子，老两口见他一表人材，举止大方，就商量着招他为婿。跟女儿一商量，女儿也同意。给范喜良一提，范公子也乐意，这门亲事就这样定了。

那年月，兵荒马乱，三天两头抓民要夫，定了的亲事，谁家也不总撂着。老两口一商量，择了个吉日良

孟姜女

辰，请来了亲戚朋友。摆了两桌酒席，欢欢喜喜地闹了一天，俩人就拜堂成亲了。

常言说："人有旦夕祸福，天有不测风云"。小俩口成亲还不到三天，突然闯来了一伙衙役，没容分说，就生拉硬扯地把范公子给抓走了！这一去明明是凶多吉少，孟姜女成天哭啊，盼啊！可是眼巴巴地盼了一年，不光人没有盼到，信儿也没盼来。孟姜女实实地放心不下，就一连几夜为丈夫赶做寒衣，要亲自去长城寻找丈夫。她爹妈看她那执拗的样子，拦也拦不住，就答应了。

孟姜女打整了行装，辞别了二老，一路艰辛，终于到了修长城的地方。她打问修长城的民工范喜良在哪里，打听一个，人家说不知道，再打听一个，人家摇摇头。她不知打听了多少人，才打听到了邻村修长城的民工。但一问到范喜良在哪里，大伙你瞅瞅我，我瞅瞅你，含着泪花谁也不吭

声了。孟姜女一见这情景，"噷"的一声，头发根一乍。她瞪大眼睛急追问，俺丈夫范喜良呢？大伙见瞒不过，吞吞吐吐地说：：范喜良上个月就累饿而死了！"

"尸首呢？"

大伙说："死的人太多，埋不过来，监工的都叫填到长城里头了！"

大伙话音未落，孟姜女手拍着长城，就失声痛哭起来。她哭啊，哭啊，只哭得成千上万的民工，个个低头掉泪，只哭得日月无光，天昏地

孟姜女哭长城

暗，只哭得秋风悲号，海水扬波。正哭着，忽然"哗啦啦"一声巨响，长城像天崩地裂似的一下倒塌了一大段，露出了一堆堆人骨头。

那么多的白骨，哪一个是自己的丈夫呢？孟姜女忽地记起了小时听母亲讲过的故事：亲人的骨头能渗进亲人的鲜血。她咬破中指，滴血认尸。她又仔细辨认破烂的衣扣，认出了丈夫的尸骨。孟姜女守着丈夫的尸骨，哭得死去活来。

秦始皇

这时，秦始皇带着大队人马，巡察边墙，从这里路过。听说孟姜女哭倒了城墙，秦始皇立刻火冒三丈，暴跳如雷。他率领三军来到角山之下，要亲自处置孟姜女。可是他一见孟姜女年轻漂亮，眉清目秀，如花似玉，就要霸占孟姜女。

孟姜女哪里肯依呢！秦始皇派了几个老婆婆去劝说，又派中书令赵高带着凤冠霞帔去劝说，盖姜女死也不从。最后，秦始皇亲自出面。孟姜女一见秦始皇，恨不得一头撞死在这个无道的暴君面前。但她转念一想，丈夫的怨仇未报，黎民的怨仇没伸，怎

能白白地死去呢！她强忍着愤怒听秦始皇胡言乱语。秦始皇见她不吭声，以为她是愿意了，就更加眉飞色舞地说上劲了："你开口吧！只要依从了我，你要什么我给你什么，金山银山都行！"

孟姜女说："金山银山我不要，要我依从，只要你答应三件事！"

秦始皇说："莫说三件，就是三十件也依你。你说，这头一件！"

孟姜女说："头一件，得给我丈夫立碑、修坟，用檀木棺椁装殓。"

秦始皇一听，说："好说，好说，应你这一件。快说第二件！"

"这第二件，要你给我丈夫披麻戴孝，打幡抱罐，跟在灵车后面，率领着文武百官哭着送葬。"

秦始皇一听，这怎么能行！我堂堂一个皇帝，岂能给一个小民送葬呀！"这件不行，你说第三件吧！"

孟姜女说："第二件不行，就没有第三件！"

秦始皇一看这架式，不答应吧，眼看着到嘴的肥肉捞不着吃；答应吧，岂不让天下的人耻笑。又一想：管它耻笑不耻笑，再说谁敢耻笑我，就宰了他。想到这儿他说："好！我答应你第二件。快说第三件吧！"

孟姜女说："第三件，我要逛三天大海。"

秦始皇说："这个容易！好，这三件都依你！"

秦始皇立刻派人给范喜良立碑、修坟，采购棺椁，准备孝服和招魄的白幡。出殡那天，范喜良的灵车在前，秦始皇紧跟在后，披着麻，戴着孝，真当了孝子了。赶到发丧完了，孟姜女跟秦始皇说："咱们游海去吧，游完好成亲。"秦始皇可真乐坏了。正美得不知如何是好，忽听"扑通"一声，孟姜女纵身跳海了！

秦始皇一见急了："快，快，赶快给我下海打捞。"

打捞的人刚一下海，大海就"哗……哗……"地掀起了滔天大浪。打捞的人见势不妙，急忙上船。这大浪怎么来得这么巧呢？，原来，龙王爷和龙女都同情孟姜女，一见她跳海，就赶紧把她接到龙宫。随后，命令虾兵蟹将，掀起了狂风巨浪。秦始皇幸亏逃得快，要不就被卷到大海里去了。

二、孟姜女传说的历史演变

孟姜女的故事源远流长，至今盛传不衰。其面貌随着年轮的推移，也千变万化，以至于现今人们所知晓的孟姜女故事与其雏形相比，已有天壤之别，其中演变的轨迹颇能令人玩味。

杞梁妻的故事最早记载在信史《左传》襄公二十三年里。周灵王二十二年秋，齐庄公姜光伐卫、晋，夺取朝歌。前549年，齐庄公从朝歌回师，没有回齐都临淄便突袭莒国。在袭莒的战斗中，齐国将领杞梁、华周英勇战死，为国捐躯。后来齐莒讲和罢战，齐人载杞梁尸回临淄。杞梁妻哭迎丈夫的灵柩于郊外的道路。齐庄公派人吊唁。

杞梁妻认为自己的丈夫有功于

国，齐庄公派人在郊外吊唁既缺乏诚意，又仓促草率，对烈士不够尊重，便回绝了齐庄公的郊外吊唁。后来，齐庄公亲自到杞梁家中吊唁，并把杞梁安葬在齐都郊外。应该说，这段故事明文记载在《左传》中，是真人实事。虽无后来"哭夫"、"城崩"、"投水"等情节，主要是表现杞梁妻大义凛然的刚烈性格，但其反对战争、热爱丈夫的主体框架已隐隐显现。

"哭夫"情节的增加，是在《礼记》"檀弓"里曾子的话。曾子说杞梁妻"哭之哀"；到了战国时期的《孟子》，又引淳于髡的话说"华周杞梁之妻哭其夫而变了国俗"；使《左传》中的史实"杞梁妻拒齐庄公郊外吊唁"变成了"杞梁妻哭夫"，故事的重心发生偏移。

"崩城"情节的增加，是在西汉刘向的《说苑》；在《列女传》中，又平添了"投淄水"的情节。杞梁妻的故事到了汉代，哭夫、崩城、投水已成系列。

到了东汉，王充的《论衡》、邯郸淳的《曹娥碑》进一步演义，说杞梁妻哭崩的是杞城，并且哭崩了五丈。西晋时期崔豹的《古今注》继续

夸大，说整个杞城"感之而颓"。到西晋时，杞梁妻的故事已经走出了史实的范围，演变成"三分实七分虚"的文学作品了。

如果说从春秋到西晋，杞梁妻的故事还是在史实的基础上添枝加叶的话，那么，到了唐代诗僧贯休的诗《杞梁妻》那里，就变得面目全非了。贯休在这首诗里，把春秋时期的事挪到了秦代，把临淄的事搬到了长城内外，把"城"嫁接到"长城"，再把"长城"直接定义为"秦长城"。经过贯休的大幅度调整，杞梁妻的故事开始向"孟姜女哭长城"的传说靠近。

到了明代，明政府为了防止瓦剌入侵，大修长城，招致民怨沸腾。老百姓为了发泄对封建统治者的不满，又改杞梁妻为"孟姜女"，改杞梁为"万喜梁"或"范喜梁"，加了诸如招亲、夫妻恩爱、千里送寒衣等情节，创造出全新的"孟姜女哭长城"传说。

从开始的杞梁妻故事到最后的孟姜女传说，其间有两千余年。一个故事能长时间为人民群众所喜爱，并不断的被改造、加工，并不是偶然的。其主要原因是因为孟姜女的形象使人们认识到古代妇女的善良性格和战争

带给人们的悲惨苦痛，表达了古代人民对战争的厌恶之情。

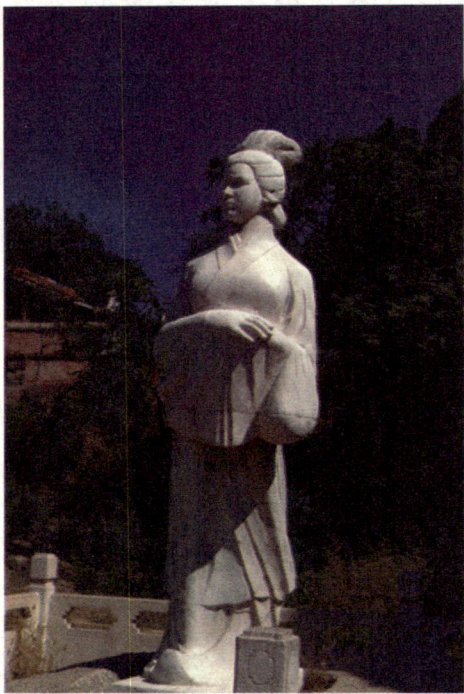
孟姜女雕像

从元代起，孟姜女的故事开始搬上舞台。陶宗仪《南村辍耕录》、钟嗣成《录鬼簿》等对此均有记载。在这些戏曲中，孟姜转化成孟姜女，杞梁衍生出杞良、范杞良、范希郎、范喜郎、万喜良等名。现代艺术作品有上海晨光越剧团的同名越剧。1996年，20集电视连续剧《孟姜女》上映。1997年，新编越剧《孟姜女小调》上演。

第三节、梁山伯与祝英台传说及其历史演变

一、梁山伯与祝英台的传说

从前，有个姓祝的地主，人称祝员外，他的女儿祝英台不仅美丽大方，而且非常的聪明好学。但由于古时候女子不能进学堂读书，祝英台只好日日倚在窗栏上，望着大街上身背着书箱来来往往的读书人，心里羡慕极了！难道女子只能在家里绣花吗？为什么我不能去上学？她突然反问自己：对啊！我为什么就不能上学呢？

想到这儿，祝英台赶紧回到房间，鼓起勇气向父母要求："爹，娘，我要到杭州去读书。我可以穿男人的衣服，扮成男人的样子，一定不让别人认出来，你们就答应我吧！"祝员外夫妇开始不同意，但经不住英台撒娇哀求，只好答应了。

第二天一清早，天刚蒙蒙亮，祝英台就和丫鬟扮成男装，辞别父母，带着书箱，兴高采烈地出发去杭州了。

到了学堂的第一天，祝英台遇见了一个叫梁山伯的男同学，学问出众，人品也十分优秀。她想：这么好的人，要是能天天在一起，一定会学

到很多东西，也一定会很开心的。而梁山伯也觉得与她很投缘，有一种一见如故的感觉。于是，他们常常一起诗呀文呀谈得情投意合，冷呀热呀相互关心体贴，促膝并肩，两小无猜。后来，两人结拜为兄弟，更是时时刻刻，形影不离。

春去秋来，一晃三年过去了，学年期满，该是打点行装、拜别老师、返回家乡的时候了。同窗共烛整三载，祝英台已经深深爱上了她的梁兄，而梁山伯虽不知祝英台是女生，但也对她十分倾慕。他俩恋恋不舍地分了手，回到家后，都日夜思念着对方。

梁山伯与祝英台

几个月后，梁山伯前往祝家拜访，结果令他又惊又喜。原来这时，他见到的祝英台，已不再是那个清秀的小书生，而是一位年轻美貌的大姑娘。再见的那一刻，他们都明白了彼此之间的感情，早已是心心相印。

此后，梁山伯请人到祝家去求亲。可祝员外哪会看得上这穷书生呢，他早已把女儿许配给了有钱人家的少爷马公子。梁山伯顿觉万念俱灰，一病不起，没多久就死去了。

听到梁山伯去世的消息，一直在与父母抗争以反对包办婚姻的祝英台反而突然变得异常镇静。她套上红衣红裙，走进了迎亲的花轿。迎亲的队伍一路敲锣打鼓，好不热闹！路过梁山伯的坟前时，忽然间飞沙走石，花轿不得不停了下来。只见祝英台走出轿来，脱去红装，一身素服，缓缓地走到坟前，跪下来放声大哭，霎时间风雨飘摇，雷声大作，"轰"的一声，坟墓裂开了，祝英台似乎又见到了她的梁兄那温柔的面庞，她微笑着纵身跳了进去。接着又是一声巨响，坟墓合上了。这时风消云散，雨过天晴，各种野花在风中轻柔地摇曳，一对美丽的蝴蝶从坟头飞出来，在阳光下自由地翩翩起舞。

二、梁山伯与祝英台传说的历史演变

梁山伯与祝英台传说是一则凄婉动人的爱情故事，表现了一对青年男女在封建制度下未能结合含恨而终的婚姻悲剧。无论是其文学性、艺术性和思想性来说，梁祝传说都居各类民间传说之首，是我国最具影响力的口头传承艺术，也是唯一在世界上产生较大影响的中国民间传说。因此，常有人把《梁山伯与祝英台》称作东方的《罗密欧与朱丽叶》。

一般认为，梁祝传说形成于东晋，发源于何处却一直存有争议，比较著名的说法有：汝南县马乡镇、山东省济宁市马坡乡、江苏宜兴、浙江宁波等。其中，汝南县马乡镇二人的墓地遗址位于古京汉官道两旁，至今尚存遗迹。济宁市二人墓地位于马坡乡马坡村，唐代武德年间济宁市邹县马坡有梁祝合葬墓，并立有"梁山伯祝英台之墓"的石碑。

梁祝传说形成与发展大体上分为三个阶段。第一阶段为东晋至唐，是传说的形成期，主要表现为口头传说，主要在会稽、上虞一带流传。第二阶段为宋至民国初年，是传说的发展期，传播形式有早期的口头传播，转变发展成为文字记载和文学作品传播，流传地域也跃出会稽一带中心区域，辐射至全国大部分地区，并流入日本、朝鲜、越南等东北亚、东南亚地区。第三阶段民国晚期至当代，是传说的成熟期。就传说的内容看，这一阶段淘汰了故事中"阴府告状"，梁祝还魂团圆等情节，突出了祝英台殉情内容，强化了爱情悲剧主题，突出地表现了民间反封建的民主意识，重新形成了相对稳定的故事情节结构。

舞剧《化蝶》剧照

民间传说

具体来看，最早的文献记载见于初唐梁载言的《十道四蕃志》，记载了梁祝合葬墓的位置以及二人的同学经历，晚唐张读的《宣室志》，记载了传说的基本情节。此后，比较重要的文献记载还有明代冯梦龙的《李秀卿义结黄贞女》，和清代邵金彪的《祝英台小传》，尤其是后者出现了化蝶的结局。

梁祝传说富有江南地方特色，清风杨柳，缠绵悱恻，这种柔美的艺术形式，反映了江南百姓的审美心理特点，也显示出梁祝传说产生的地域环境特色；奇丽的情节结构体现了人类对于爱情的忠贞精神。

梁祝传说在流传过程中被鼓词、故事、歌谣、传奇、木鱼书、戏剧、曲艺、音乐等艺术形式接受，从而使梁祝传说在民间广为流传，成为中国最具辐射力的口头和非物质文化艺术，并形成了庞大独特的梁祝文化。

传说发展到今天，由此衍生出的现代文艺作品举不胜举，比如戏曲作品，全国各种戏曲几乎都有从梁祝改编的曲目，如越剧《梁山伯与祝英台》、川剧《柳荫记》、程砚秋晚年名作《英台抗婚》等。另外，尚有大量影视作品改编。创作于1958年的小提琴协奏曲《梁祝》，已成为中外名曲，也是国外了解梁祝传说的一个窗口。

第四节　白蛇与许仙传说及其历史演变

一、白蛇与许仙的传说

传说八仙之一的吕洞宾，在西湖断桥边卖汤圆，当时还是幼年的许仙买了一粒实为仙丸的汤圆吃了，结果三天三夜不想吃东西，急忙跑去找吕洞宾。

吕洞宾将许仙抱上断桥，双脚倒拎，汤圆吐出来掉进西湖，被正在湖中修炼的白蛇吞下，长了五百年的功力，白蛇就此与许仙结了缘。而同在此地修炼的乌龟，也就是日后的法海和尚，因没能吃到汤圆，所以对白蛇怀恨在心。

白蛇在苏堤桥之一的映波桥边看到一乞丐手中拿一青蛇，要挖蛇胆卖钱，于是化身为人买下青蛇，也就是小青，从此青蛇认白娘子为姐姐。

十八年后的清明节，白蛇思凡下山，化身为白娘子。她与小青同到杭州，在断桥边游湖逢雨因借伞与许仙相识并定情。两人不久后成亲，迁往镇江经营药店。

法海和尚以白娘子和小青为妖，数次破坏许仙与白娘子的关系。许仙听信法海之言，于端午节之际用雄黄酒灌醉白娘子，使之显示出原形，而许仙也因此而被惊吓致死。

白娘子为救自己挚爱的夫君，冒生命危险去峨嵋仙山盗草。重生的许仙被法海囚禁在镇江金山寺，不许他们夫妇团聚。白娘子为了救回许仙，和小青一道，跟法海斗法，不惜引西湖之水漫金山寺；因为身怀六甲，无法救出许仙。

许仙逃回杭州，在断桥边与白娘子相会。法海借佛法将白娘子镇于雷锋塔下，拆散了许仙与白娘子。

小青得以逃脱，修炼有成，再回金山，斗赢法海，打破雷锋塔，救出了白娘子。法海无处可逃，身穿黄色的僧衣遁入蟹腹。

后来许仙夫妇终于团圆，而法海

金山寺

只能留在蟹腹中，所以现在的螃蟹腹中的蟹膏是和尚僧衣般的黄色。

二、白蛇与许仙传说的历史演变

白蛇与许仙的传说，一说源于唐传奇《白蛇记》，一说源于《西湖三塔记》，一说起源于魏晋时期左思《魏都赋》里的"连眉配犊子"的爱情故事传说。后来这一典故衍化为"白蛇闹许仙"故事，故事的女主人公也由"连眉女"演变为白蛇。

而"白蛇闹许仙"的故事向江南一带的播迁，则与金人南侵、宋室南迁有关。宋高宗晚年禅位后，驻跸临德寿宫中，喜欢看话本，看得高兴就大大地赏给进献者一笔，这就成为宋、元时期《白蛇传》故事在杭州一带广泛流传的主要原因。

白蛇与许仙的传说早期因为以

杭州西湖雷峰塔

口头相传为主，因此派生出不同的版本与细节。原来的故事有的到白素贞被镇压到雷峰塔下就结束了，有的版本有白蛇产子的情节，还有版本有后来白蛇之子得中状元，祭塔救母的皆大欢喜的结局。但这个故事的基本要素，一般认为在南宋就已经具备了，到明代冯梦龙的《白娘子永镇雷峰塔》，故事已初步定型。

白蛇与许仙的传说，后来民间以评话、说书、弹词等多种形式出现，又逐渐演变成戏剧表演。后来又有了小说，民国之后，还有歌剧、歌仔戏、漫画等方式演绎。

清代初年黄图珌《雷峰塔》，是最早整理的文字创作流传的戏曲，他只写到白蛇被镇压在雷峰塔下，并没有产子祭塔。后来又出现的梨园旧抄

雷峰塔

本，是广为流传的本子，有白蛇生子的情节。

清朝乾隆年间，方成培改编了三十四出的《雷峰塔传奇》，共分四卷，第一卷从《出山》、《收青》到《舟遇》、《订盟》，第二卷是《端阳》、《求草》，第三卷有《谒禅》、《水门》，第四卷从《断桥》到《祭塔》收尾。《白蛇传》故事的主线纲架自此大体完成。而这出戏的本子，在乾隆南巡时被献上，因此有乾隆皇帝御览的招牌，使得社会各个阶层的人，没有人不知道《白蛇传》的故事了。

后来在嘉靖十一年，玉山主人又出版了中篇小说《雷峰塔奇传》。嘉靖十四年，又出现了弹词《义妖传》，至此，蛇精的故事已经完全由单纯迷惑人的妖怪变成了有情有义的女性。

清代中期以后，《白蛇传》成为常演的戏剧，以同治年间的《菊部群英》来看，当时演出《白蛇传》是京剧、昆曲杂糅的，但是还是以昆曲为主，同时可以看出，《白蛇传》中祭塔的情节产生的时代较晚。

现代，有根据《白蛇传》拍成的台湾电视剧《新白娘子传奇》，基本是按照已经形成的故事再加的一些内容。此外，还有香港女作家李碧华的小说《青蛇》亦是根据白蛇传创作的，而后经香港著名导演徐克拍摄后搬上银幕。台湾明华园戏剧团的白蛇传歌仔戏露天表演，常在端午节前后演出，故事内容无较大的改编。另外，日本东映动画改编成同名动画电影《白蛇传》，于1958年上映，是日本史上第一部彩色长篇动画电影。

附录：中国神话中的诸神及其传说

神话是反映古代人们对世界起源、自然现象及社会生活的原始理解，并通过超自然的形象和幻想的形式来表现的故事和传说。中国神话极其丰富，许多神话保存在古代著作中，如《山海经》《淮南子》等。历代文艺创作中，类比神话、假借传说中的神来反映现实或讽喻现实的作品，通常也称神话。

中国神话相对很零散，不像希腊神话那样具有严密的体系。其原因大概是因为中国统一晚，前221年才统一，而希腊一开始就是一个统一体，形成以宙斯为中心的庞大的神的家族。所以中国古代神话篇幅都很短小，对神的事迹记载非常简略，故事性不强，没有古希腊神话那样的长篇巨制和曲折生动的情节。中国神话内容主要包括九个方面，即创世神话、日月星辰神话、动植物起源神话、洪水神话、女娲神话、伏羲神话、帝俊神话、后羿神话、嫦娥神话。但通过长久的传说和演绎过程，中国神话实际上也形成了一定的神话体系，大体可以整理如下：

上古神话诸神

混沌天神：较正式的说法，盘古为开天辟地之始神，但仍有部分传说中，混沌早于盘古而生。

创世神：天吴、毕方、据比、竖亥、烛阴、女娲

上古四方天帝与辅神：

太阳神炎帝与火神祝融共同治理天南一万二千里的地方

少昊与水神共工治理天西一万二千里的地方

颛顼与海神禺强（又名冬神玄冥）治理天北一万二千里的地方

青帝伏羲与九河神女华胥氏及属神句芒治理天东一万二千里的地方

黄帝时代的诸神

陆吾、英招、离珠、金甲神（此神应是其它神的一种化身说）、蚩尤、风伯、雨师、赤松子、力牧、神皇、风后、应龙、魃、夸父、大力神夸娥氏、大庭氏、五龙氏、炎帝（又称为神农氏）、女娃（炎帝的女儿，后化身精卫鸟）、瑶姬（又名婉华仙子）

少昊母为皇娥、长子春神句芒、次子秋神蓐收

颛顼的后代

147

四子：虐鬼、魍魎、送穷鬼、梼杌

后代：老童、太子长琴、黎、重、彭祖（孙）

帝俊（妻羲和、常羲）

女丑、羿

鲧：妻女喜。

尧：又名放勋，妻女皇

舜：姓姚，名重华，妻娥皇、女英

禹：父鲧，妻女娇，又名涂山氏，系九尾白狐精

原始道教诸神

三清：

元始天尊：盘古氏

灵宝天尊：又名太上道君

道德天尊：又名太上老君（西游记里也称为太上道祖）

六御：

中央玉皇大帝：妻王母娘娘，又称为西王母

北方北极中天紫微大帝

南方南极长生大帝：又名玉清真王，为元始天王九子。

东方东极青华大帝太乙救苦天尊

西方太极天皇大帝：手下八大元帅，五极战神（天空战神，大地战神，人中战神，北极战神和南极战神）

大地之母：承天效法后土皇地祇

五方五老：

南方南极观音

东方崇恩圣帝

三岛十洲仙翁东华大帝君（即东王公，名金蝉氏，号木公）

北方北极玄灵斗姆元君（佛教中二十诸天的摩利支天）

中央黄极黄角大仙

中央天宫仙位表

千里眼　顺风耳　金童　玉女　雷公　电母（金光圣母）　风伯　雨师　游奕灵官　翊圣真君　大力鬼王　七仙女　太白金星　赤脚大仙　广寒仙子（姮娥仙子）嫦娥　玉兔　玉蟾　吴刚　天蓬元帅　天佑元帅　九天玄女　十二金钗　九曜星　日游神　夜游神　太阴星君　太阳星君　武德星君　佑圣真君　托塔天王李靖　金吒　木吒（行者惠岸）　三坛海会大神哪吒　巨灵神　月老　左辅右弼　二郎神杨戬　太乙雷声应化天尊王善　王灵官　萨真人　紫阳真人（张伯端）　文昌帝君　天聋　地哑

三官大帝：天官　地官　水官

四大天王：增长天王、持国天王、多闻天王与广目天王

四值功曹：值年神李丙　值月神黄承乙　值日神周登　值时神刘洪

四大天师：张道陵、许逊（字敬之，号许旌阳）、邱弘济、葛洪

四方神：青龙孟章神君、白虎监兵神君、朱雀陵光神君、玄武执明神君

四渎龙神：黄河　长江　淮河　济水河神

马赵温关四大元帅：

马元帅：又名马天君，又称华光天王、华光大帝

赵元帅：即武财神赵公明，又名赵玄坛

温元帅：温琼，东岳大帝部将

关元帅：关羽

五方揭谛：金光揭谛、银头揭谛、波罗揭谛、波罗僧揭谛、摩诃揭谛

五炁真君：东方岁星木德真君　南方荧惑火德真君　西方太白金德真君　北方辰星水德真君　中央镇星土德真君

五岳：东岳泰山天齐仁圣大帝　南岳衡山司天昭圣大帝　中岳嵩山中天崇圣大帝　北岳恒山安天玄圣大帝　西岳华山金天愿圣大帝（五岳帝君：东岳帝君，名金虹氏，东华帝君弟。其它四岳帝君为东华帝君的四个儿子。）及　碧霞元君

五斗星君：东斗星君　西斗星君　中斗星君　南斗星君　北斗星君

六丁六甲：六丁为阴神玉女　丁卯神司马卿　丁巳神崔巨卿　丁未神石叔通　丁酉神臧文公　丁亥神张文通　丁丑神赵子玉。六甲为阳神玉男　甲子神王文卿　甲戌神展子江　甲

申神扈文长　甲午神卫玉卿　甲辰神孟非卿　甲寅神明文章

南斗六星君：

第一天府宫：司命星君

第二天相宫：司禄星君

第三天梁宫：延寿星君

第四天同宫：益算星君

第五天枢宫：度厄星君

第六天机宫：上生星君

北斗七星君：

北斗第一阳明贪狼星君

北斗第二阴精巨门星君

北斗第三真人禄存星君

北斗第四玄冥文曲星君

北斗第五丹元廉贞星君

北斗第六北极武曲星君

北斗第七天关破军星君

（北斗七星君为北斗星君的另一个称号：天枢、天璇、天玑、天权、玉衡、开阳、摇光。天枢、天璇、天玑、天权合起来又称为斗魁或璇，后三星组成斗柄，称杓）

八仙：铁拐李、汉钟离、吕洞宾、何仙姑、蓝采和、韩湘子、曹国舅、张果老

增长天王手下八将：庞刘荀毕、邓辛张陶，其全名为刘俊、荀雷吉、庞煜、毕宗远；邓伯温、辛汉臣、张元伯、陶元信（四目）

九曜星：金星　木星　水星　火星　土星　罗睺（蚀星）计都星　紫

炁星　月孛星

十二元辰、子丑寅卯等

二十八星宿：亢金龙、女土蝠、房日兔、心月狐、尾火虎、箕水豹、斗木獬、牛金牛、氐土貉、虚日鼠、危月燕、室火猪、壁水貐、奎木狼、娄金狗、胃土彘、昴日鸡、毕月乌、觜火猴、参水猿、井木犴、鬼金羊、柳土獐、星日马、张月鹿、翼火蛇、轸水蚓。

三十六天将：蒋光　钟英　金游　殷郊　庞煜　刘吉　关羽　马胜　温琼　王善　康应　朱彦　吕魁　方角　耿通　邓伯温　辛汉臣　张元伯　陶元信　荀雷吉　毕宗远　赵公明　吴明远　李青天　梅天顺　熊光显　石远信　孔雷结　陈元远　林大华　周青远　纪雷刚　崔志旭　江飞捷　贺天祥　高克（三十六天将的版本是最多，以上仅供参考）

地上地下天仙表

姜子牙（亦为东华帝君，估计是木公的接班人）

蓬莱三仙：

福禄寿三星，福神天官大帝，另一说是西汉杨成，又一说中是唐阳城，财神赵公明，一说比干、范蠡为文财神，寿星南极仙翁，女寿星：麻姑

真武大帝：又名九天降魔祖师、玄武元帅。

龟蛇二将：又名太玄水精黑灵尊神、太玄火精赤灵尊神

小张太子与五大神龙

黎山老母、镇元子

龙王：东海龙王敖广　南海龙王敖钦　西海龙王敖闰　北海龙王敖顺　井海王

阴曹地府：

北阴酆都大帝

五方鬼帝：东方鬼帝蔡郁垒、神荼，治桃止山、鬼门关

西方鬼帝：赵文和，王真人，治嶓冢山

北方鬼帝：张衡、杨云，治罗酆山

南方鬼帝：杜子仁，治罗浮山

中央鬼帝：周乞、稽康，治抱犊山

罗酆六天：（以下为宫名，六天为守宫神）纣绝阴天宫、泰煞谅事宗天宫、明晨耐犯武城天宫、恬昭罪气天宫、宗灵七非天宫、敢司连宛屡天宫

地藏菩萨

十殿阎王：秦广王、楚江王、宋帝王、仵官王、阎罗王、平等王、泰山王、都市王、卞城王、转轮王

其他将、臣：首席判官崔府君、钟馗、黑白无常、牛头马面、孟婆神

后天著名仙真表

房中之祖（彭祖）　纵横始祖（鬼谷子）　文始真人（尹喜）　南华真人（庄子）求仙使者（徐福）　茅山仙祖（三茅

真君） 万古丹王（魏伯阳） 太极真人
（刘安）诙谐岁星（东方朔） 太平教主
（于吉） 役使鬼神（费长房） 竹林狂
士（嵇康）水府仙伯（郭璞） 净明教主
（许逊） 蓬莱水监（陶弘景） 天师（寇
谦之)情仙（裴航） 扶摇子（陈抟） 显
化真人（张三丰)王重阳与全真七子（长
春子丘处机、玉阳子王处一、广宁子郝大
通、清净散人孙不二、长生子刘处玄、长
真子谭处端、丹阳子马钰）

民间神灵不完全列表

天妃娘娘 城隍 土地神 门神
（秦叔宝、尉迟敬德）床神（又分床公床
母，前者又称九天监生明素真君，后者又
称九天卫房圣母天君）喜神 厕神（紫
姑） 石敢当 小儿神（项橐） 朱天大
帝（崇帧） 茶神（陆羽） 花神 染织
二圣（梅、葛） 酒神（杜康） 土工祖师
（鲁班） 纺织神（黄道婆） 蚕神（马头
娘，山海经载为西陵氏，嫘祖） 狱神（皋
陶)梨园神（唐明皇） 马神 青蛙神（白
玉蟾)驱蝗神（刘猛，取猛将军之意） 蛇
王（施全）痘神（张帅） 农神（后稷）
瘟神（又称五鬼或五方力士，人间又有
称五瘟，其中春瘟张元伯、夏瘟刘元达、
秋瘟赵公明、冬瘟钟士贵、总管中瘟史文
业)窑神（太上老君） 贼神（时迁） 穷
神（管仲） 武穆王（岳飞） 周公 桃
花女 欢喜神 和合二仙（寒山、拾得）

西天灵山仙佛表

三世佛：南无过去、现在、未来

竖三世佛：过去佛的燃灯上古佛，
加上现在世的释迦佛（原名：悉达多），
以及未来世的弥勒佛

横三世佛：中间是释迦牟尼佛，右
有文殊菩萨，左立普贤菩萨；右边是西
方极乐世界的阿弥陀佛，两旁是观世音
菩萨和大势至菩萨；左边为东方净琉璃
世界的药师佛，两旁日光菩萨和月光菩
萨。

四大金刚：五台山秘魔岩神通广
大泼法金刚 峨眉山清凉洞法力无量胜
至金刚 须弥山摩耳崖毗卢沙门大力金
刚 昆仑山金霓岭不坏尊王永住金刚

五方佛：东方不动（身）佛 南方
宝生佛 中央毗卢遮那佛 西方阿弥陀
佛 北方不空成就佛

八菩萨：观音菩萨 普贤菩萨 文
殊菩萨 地藏王菩萨 灵吉菩萨 大势
至菩萨 日光菩萨 月光菩萨

十大弟子：舍利弗智慧第一 目犍
连神通第一 阿难陀多闻第一 优波离
持戒第一 阿那律天眼第一 大迦叶头
陀第一 富楼那说法第一 迦旃延论议
第一 罗睺罗密行第一 须菩提解空第
一

十八罗汉： 托塔罗汉 探手罗
汉 过江罗汉 芭蕉罗汉 静座罗

汉　骑象罗汉　看门罗汉　降龙罗汉　举钵罗汉　布袋罗汉　长眉罗汉　开心罗汉　喜庆罗汉　挖耳罗汉　笑狮罗汉　伏虎罗汉　沉思罗汉　骑鹿罗汉

十八伽蓝：美音　梵音　天鼓　叹妙　叹美　摩妙　雷音　师子　妙叹　梵响　人音　佛奴　颂德　广目　妙眼　彻听　彻视　遍视

二十诸天：日天（又名日宫天子）大梵天　多闻天　金刚密迹　鬼子母神；月天（又名月宫天子）帝释天　持国天　大自在天　摩利支天；（大）辩才天（大）功德天　增长天　散脂大将　婆竭龙王；韦驮天（战神塞犍陀）坚牢地神　广目天　菩提树神　阎摩罗王。

其它：金顶大仙、阿傩、伽叶。

如上各界神仙佛人数众多，各司其职，除本书正文中介绍的以外，其中最为人们所熟悉的主要如下：

女娲娘娘：女娲是中国历史神话传说中的一位女神，与伏羲为兄妹。人首蛇身，相传曾炼五色石以补天，并抟土造人，制嫁娶之礼，延续人类生命，造化世上生灵万物。女娲是中华民族伟大的母亲，她慈祥地创造了我们，又勇敢的照顾我们免受天灾。是被民间广泛而又长久崇拜的创世神和始祖神。她神通广大化

生万物，每天至少能创造出七十样东西。在洪荒时代，水神共工和火神祝融因故吵架而大打出手，最后祝融打败了共工，水神共工因打输而羞愤的朝西方的不周山撞去，哪知那不周山是撑天的柱子，不周山崩裂了，撑支天地之间的大柱断折了，天倒下了半边，出现了一个大窟窿，地也陷成一道道大裂纹，山林烧起了大火，洪水从地底下喷涌出来，毒虫猛兽也出来残害、吞食人民。人类濒临灭绝的危险。女娲目睹人类遭到如此奇祸，感到无比痛苦，于是决心补天，以终止这场灾难。她选用各种各样的五色石子，架起火将它们熔化成浆，用这种石浆将残缺的天窟窿填好，随后又斩下一只千年大龟的四脚，当作四根柱子把倒塌的半边天支起来。女娲还擒杀了残害人民的黑龙，刹住了龙蛇的嚣张气焰。最后为了堵住洪水不再漫流，女娲还收集了大量芦草，把它们烧成灰，埋塞向四处铺开的洪流。经过女娲一番辛劳整治，苍天总算补上了，地填平了，水止住了，龙蛇猛兽敛迹了，人民又重新过着安乐的生活。但是这场特大的灾祸毕竟留下了痕迹。从此天还是有些向西北倾斜，因此太阳、月亮和众星晨都很自然地归向西方，又因为地向东南倾斜，所以一切江河都往那里汇流。当天空出现彩虹的时候，就是我们伟大的女娲的补天神石的彩光。相传女娲

在补天之后，开始用泥造人，每造一人，取一粒沙作计，终而成一硕石，女娲将其立于西天灵河畔。此石因其始于天地初开，受日月精华，灵性渐通。不知过了几载春秋，只听天际一声巨响，一石直插云霄，顶于天洞，似有破天而出之意。女娲放眼望去，大惊失色，只见此石吸收日月精华以后，头重脚轻，直立不倒，大可顶天，长相奇幻，竟生出两条神纹，将石隔成三段，纵有吞噬天、地、人三界之意。女娲急施魄灵符，将石封住，心想自造人后，独缺姻缘轮回神位，便封它为三生石，赐它法力三生决，将其三段命名为前世、今生、来世，并在其身添上一笔姻缘线，从今生一直延续到来世。为了更好的约束其魔性，女娲思虑再三，最终将其放于鬼门关忘川河边，掌管三世姻缘轮回。当此石直立后，神力大照天下，跪求姻缘轮回者更是络绎不绝。

元始天尊：初称元始天王，全称"玉清圣境元始天尊"，是道教最高神灵"三清"尊神之一，生于太无之先，禀自然之气。东晋葛洪的《枕中书》中说，昔二仪未分，溟涬鸿蒙，未有成形。天地日月未具，状如鸡子，混沌玄黄。已有盘古真人，天地之精，自号元始天王，游乎其中。盘古开天辟地，治世成功以后，蜕去躯壳，一灵不昧，游行空中，见圣女太元，喜其贞洁，即化成青光投入其口。圣女怀孕

十二年，始化生于背脊之间，言语行动常有彩云护体。因其前身是盘古、元始天王，就称为元始天尊。在《封神演义》中，元始天尊座下有十二弟子，即九仙山桃源洞广成子、二仙山麻姑洞黄龙真人、乾元山金光洞太乙真人、五龙山云霄洞文殊广法天尊（后成文殊菩萨）、普陀山落伽洞慈航道人（后成观世音菩萨）、金庭山玉屋洞道行天尊、太华山云霄洞赤精子、夹龙山飞云洞惧留孙（后入释成佛）、崆峒山元阳洞灵宝大法师、九宫山白鹤洞普贤真人（后成普贤菩萨）、玉泉山金霞洞玉鼎真人、青峰山紫阳洞清虚道德真君。

灵宝天尊：名经宝，居三清的第二位，又称上清大帝或灵宝道君，由元始天王的赤太无元玄黄之气化生，手捧玉如意。由太元圣母体内降生以后，暂住在三十五天之上的禹余天上清真境内的蕊珠阙七映紫霞房中。日夜吸纳玉晨精气、庆云紫烟，凝神集气，幻化成型，然后转世托胎于西方绿那玉国，寄胎于洪氏，育形为人的肉体。其母怀胎三千七百年，方才将他诞生于西那天郁察山浮罗峰下。到年长之后，开始参悟道真，一心追求至道。他坐在七宝笃林下，苦思百日，而后遇到元始天尊降临，授予他灵宝大乘之法妙经十部，灵宝天尊遂修成得道。

太上老君：即老子，名聃，字伯阳，

生卒年不详，春秋时楚国人，曾任周朝守藏室之史。主无为之说，后世以为道家始祖。孔子尝往问礼，著有《道德经》五千余言。现今社会各行业中，如：铁匠、煤窑匠、碗筷匠、磨刀匠、蹄铁匠等，皆祭拜老子为祖师爷。亦称为伯阳、太上老君、老聃、老君、老子、老子道君、李伯阳、李老君等。太上老君是道教最高神之一，是三大超级神中的一位。他之被神圣化，始于东汉。东汉的张陵（后来的张天师）创设天师道，为了和佛教抗衡，便抬出老子为祖师，并尊为太上老君。后称太上道德天尊。其后道教典籍将老子极度神化，谓其生于无始之时，无因而起，是万物之先，元气之先。

东华帝君：亦号东王公、木公。姓倪，字君明。领导男仙，常与领导女仙的西王母并称。在天下苍生为始时，生于碧海之上，创造万物。在东方主理阴阳之气。凡升仙的，要先拜东王公，后拜金母。方得升九天，入三清殿，拜太上老君，见元始天尊。在仙界的地位十分高。东王公之名的出现，可能与中国传统文化密切相关。按照中国阴阳五行观念，有了一个阴神，必然有一个阳神。女神称西王母，西方属金，又名金母；与之相对，男神就应称东王公，东方属木，故又称木公。在这种文化意识支配下，西王母的对偶神东王公就出现了。从此以后，凡是描写西

王母的书，必然要相应提到东王公，且常常将他摆在西王母之前，这种后来居上的现象，恐怕又是中国文化中天尊地卑，男主女从意识在起作用。

王母娘娘：传说中的女神。原是掌管灾疫和刑罚的大神，后于流传过程中逐渐女性化与温和化，而成为慈祥的女神。相传王母住在昆仑仙岛，王母的瑶池蟠桃园，园里种有蟠桃，食之可长生不老。亦称为金母、瑶池金母、瑶池圣母、西王母。晋朝葛洪的《枕中书》中记载：混沌未开之前，有天地之精，号"元始天王"，游于其中。后二仪化分，元始天王居天中心之上，仰吸天气，俯饮地泉。又经数劫，与太元玉女通气结精，生天皇西王母，天皇生地皇，地皇生人皇。在正统道教神系中，玉皇大帝与西王母并非夫妻关系，西王母是先天阴气凝聚而成，是所有女仙之首、掌管昆仑仙岛。而所有男仙之首为先天阳气凝聚而成的东王公，其掌管蓬莱仙岛。而玉皇为群仙之首，众神之主。西王母的出现比玉皇要早，所以他们不是夫妻。只有中国民间的故事和小说，才认为玉皇大帝和王母娘娘是夫妻。女仙之首的西王母，是先天阴气凝聚而成，天上天下、三界十方，女子得道登仙者，都隶属于西王母管辖，黄帝讨伐蚩尤之暴时，蚩尤多方变幻，呼风唤雨，吹烟喷雾，西王母即遣九天玄女授黄帝三宫

五意、阴阳之略,太乙遁甲六壬步斗之术,阴符之机,灵宝五符五胜之文。黄帝遂克蚩尤与中冀。虞舜即位后,西王母又遣使授白玉环、白玉琯及地图,舜即将黄帝的九州扩大为十二州。她早属大罗金仙一类。已然形神俱妙,不受生死的拘束,神聚神散操纵自如,天上人间无人能敌。

九天玄女:简称玄女,俗称九天娘娘、九天玄女娘娘。原为中国古代神话中的女神,后经道教增饰奉为女仙。传说她是一位法力无边的女神。因除暴安民有功,玉皇大帝才敕封她为九天玄女、九天圣母。虽然她在民俗信仰中的地位并不显赫,但她是一个正义之神,形象经常出现在古典小说之中,成为扶助英雄铲恶除暴的应命女仙,故而她在道教神仙中的地位亦非常重要。传说九天圣母乃上古之玄鸟,人头鸟身,奉天命生于下契,事唐虞为司徒,封于商,传十三代太乙为成汤,建立商朝。据史书及神话传说记载:她是西灵圣母元君之弟子,又是黄帝之军师。鉴于她所造能出奇制胜的"天书"兵法,堪称得是中国上古第一位杰出的女军事家。

玉皇大帝:简称玉皇,又称昊天金阙至尊玉皇大帝、玄穹高上玉皇大帝。宋代真宗和徽宗都上有圣号。宋真宗上圣号为太上开天执符御历含真体道玉皇大天帝。宋徽宗上圣号为太上开天执符御历含真体道昊天玉皇上帝。道经中全称作昊天金阙无上至尊自然妙有弥罗至尊玉皇上帝。据《高上玉皇本行集经》,玉皇大帝乃昊天界上光严净乐国王与宝月光皇后所生之子。出生之时,身宝光焰,充满王国。幼而敏慧,长而慈仁,将国中库藏财宝,尽散施穷乏困苦、鳏寡孤独、无所依靠、饥馑残疾的一切众生。净乐国王驾崩后,太子治政有方,告敕大臣,俯含众生,遂舍国赴普明香岩山修道,经三千二百劫,始证金仙初号自然觉皇,又经亿劫,始证玉帝。道教称天界最高主宰之神为玉皇大帝,上掌三十六天,下握七十二地,掌管一切神、佛、仙、圣和人间、地府之事。亦称为天公、天公祖、玉帝、玉天大帝、玉皇、玉皇上帝。玉皇大帝是诸天之帝、仙真之王、圣尊之主,三界万神、三洞仙真的最高神。玉皇有制命九天阶级、征召四海五岳之神的权力。万神都列班随侍其左右,犹如人世间的皇帝和公卿。玉皇大帝是三清之化身。三清与玉皇,犹如先虚无而后妙有,先无极而后有太极,先无为而后有为。故玉皇为三才主宰,掌天地人之均轴。玉皇大帝遣紫微北极大帝掌天地经纬,遣勾陈上宫大帝掌天地人三才,主人间兵革,遣后土皇地只掌阴阳生育、大地山河。天地万物、阴阳造化无不在玉皇大帝所掌之中。另一

种说法是，盘古开天辟地之后，天地间一片祥和。可是，好景不长，由于各路神仙争雄斗狠，天地之间乱成了一锅粥。太白金星决定找一个才德兼备的人，通过有效的管理来扭转这种局面。于是，他化装为乞丐，四处寻找，后来到了张家湾，终于发现张友人。张家湾是个几万人的大山寨，张友人就是这个山寨的寨主。男人治理好一个小家尚且不容易，张友人居然能够将这么大的一个寨子治理得人人谦逊有礼、邻里和睦互助。问他有何高招，张友人笑了笑说，无非一个"忍"字。"忍"者，耐烦也。由于张友人慈悲为怀、百忍为上，人称"张百忍"，因此能够包容繁杂、以宽得众，可见张友人海纳百川的胸怀。太白金星认为张友人是一个理想的管理人才，请他上天。后来，各路神仙经过试探，一致同意张友人管理天庭，做了玉皇大帝。

真武大帝：又称玄武神，玄天上帝。据《太上说玄天大圣真武本传神咒妙经》，真武大帝是太上老君第八十二次变化之身，托生于大罗境上无欲天宫，净乐国王善胜皇后之子。皇后梦而吞日，觉而怀孕，经一十四月及四百余辰，降诞于王宫。后既长成，遂舍家辞父母，入武当山修道，历四十二年功成果满，白日升天。玉皇有诏，封为太玄，镇于北方。玄武一词，原是二十八宿中北方七宿的总称。

碧霞元君：即天仙玉女泰山碧霞元君，俗称泰山娘娘、泰山老奶奶、泰山老母等，道教认为，碧霞元君"庇佑众生，灵应九州"，"统摄岳府神兵，照察人间善恶"。是道教中的重要女神，中国历史上影响最大的女神之一。至于碧霞元君的来历，一说为黄帝所遣之玉女。据《玉女考》和《瑶池记》记载：黄帝建岱岳观时，曾经预先派遣七位女子，云冠羽衣，前往泰山以迎西昆真人，玉女乃七女中的修道得仙者。一说为华山玉女。但一般作为泰山女神，为泰山神之女。一说为汉代民女石玉叶，凭灵泰岱。据《玉女卷》称：汉明帝时，西牛国孙宁府奉符县善士石守道妻金氏，中元七年甲子四月十八日子时生女，名玉叶。貌端而生性聪颖，三岁解人伦，七岁辄闻法，尝礼西王母。十四岁忽感母教，欲入山，得曹仙长指，入天空山黄花洞修焉。天空盖泰山，洞即石屋处也。山顶故有池，名玉女池；旁为玉女石像。可见汉晋时早有泰山神女的故事。汉代人还在泰山顶上雕刻神女石像，在泰山极顶修建玉女池以奉祀。五代时殿堂倾塌，石像仆地，金童之像漫涣剥蚀，玉女也沦落于泰山岳顶玉女池内。

后羿：又称夷羿，相传是夏王朝东夷族有穷氏的首领，擅长射箭。当时夏王启的儿子太康每天忙于游乐田猎，不理政事，被后羿所逐。太康死后，后羿立太康之弟仲康为夏王，实权操纵于后羿之手。但后羿只顾四处打猎，后来被亲信寒浞所杀。传说后羿是嫦娥的丈夫。后羿在的时候，天上有十个太阳，烧得草木庄稼枯焦，后羿为了救百姓，一连射下九个太阳，从此地上气候适宜，万物得以生长。他又射杀猛兽毒蛇，为民除害。民间因而奉他为箭神。

嫦娥：帝喾的女儿，也称姮娥，生而美貌。后羿的妻子，相传后羿是尧帝手下的神射手。《淮南子》中说，后羿从西王母处请来不死之药，嫦娥偷吃了这颗灵药，成仙了，身不由主飘飘然地飞往月宫之中，在那荒芜的月宫之中度着无边的寂寞岁月。在道教中，嫦娥为月神，又称太阴星君，道教以月为阴之精，尊称为月宫黄华素曜元精圣后太阴元君，或称月宫太阴皇君孝道明王，作女神像。

吴刚：神话传说中吴刚学仙有过，遭天帝惩罚到月宫砍伐桂树，其树随砍随合，所以必须不断砍伐。又《山海经》中，吴刚又叫吴权，是西河人。炎帝之孙伯陵，趁吴刚离家三年学仙道，和吴刚的妻子私通，还生了三个儿子，吴刚一怒之下杀了伯陵，因此惹怒太阳神炎帝，把吴刚发配到月亮，命令他砍伐不死之树月桂。月桂高达五百丈，随砍即合，炎帝就是利用这种永无休止的劳动为对吴刚的

惩罚。而吴刚的妻子对丈夫的遭遇亦感到内疚，便叫三个儿子，一个叫鼓、一个叫延、一个叫殳斨，飞往月亮，陪伴他们名义上的爸爸，度过那漫长无尽的清冷岁月。吴刚的三个儿子叫鼓的变成了蟾蜍，叫延的变成了玉兔，叫殳斨的变成了天癸。从此殳斨开始制作箭靶，鼓、延开始制造钟、磬，制定作乐曲的章法。所以寂寞的广寒宫时常仙乐飘飘。后世，唐明皇漫游月宫的时候把这些游乐曲记录下来，回到人间，创作了《霓裳曲》。

哪吒：又作那吒，源于元代《三教搜神大全》，也是古典小说《西游记》《封神演义》中的人物。《西游记》中，哪吒是托塔天王李靖的第三子。形似少年，但神通广大。曾参与讨伐孙悟空，大败而归。《封神演义》中说，一日哪吒去东海九湾河沐浴，因将太乙真人所赐宝物乾坤圈置水中玩耍，东海龙宫动摇不已。龙王急忙差巡海夜叉察看，惹脑哪吒被打死。后龙王三太子敖丙调集龙兵与之大战，被哪吒打死。龙王准奏玉帝，捉拿其父母。哪吒又在天宫门前痛殴之。后为表示自己的作为与父母无关，便拆肉还母，拆骨还父。死后，其师太乙真人把哪吒的魂魄借莲花为之而复活。又赐火尖枪，脚踏风火轮。后助姜子牙兴周灭纣，战功显赫。

龙王：龙是中国古代神话的四灵

之一。《太上洞渊神咒经》中有龙王品，列有以方位为区分的五帝龙王，以海洋为区分的四海龙王，以天地万物为区分的54名龙王名字和62名神龙王名字。唐玄宗时，诏祠龙池，设坛官致祭，以祭雨师之仪祭龙王。宋太祖沿用唐代祭五龙之制。宋徽宗大观二年（1108年）诏天下五龙皆封王爵。封青龙神为广仁王，赤龙神为嘉泽王，黄龙神为孚应王，白龙神为义济王，黑龙神为灵泽王。清同治二年（1863年）又封运河龙神为延庥显应分水龙王之神，令河道总督以时致祭。在《西游记》中，龙王分别是：东海敖广、西海敖钦、南海敖润、北海敖顺，称为四海龙王。龙王之职就是兴云布雨，为人消灭炎热和烦恼，龙王治水成了民间普遍的信仰。龙王神诞之日，各种文献记载和各地民间传说均有差异。旧时专门供奉龙王之庙宇几乎与城隍、土地之庙宇同样普遍。每逢风雨失调，久旱不雨，或久雨不止时，民众都要到龙王庙烧香祈愿，以求龙王治水，风调雨顺。

张天师：原名张道陵，字辅汉，是张良的八世孙。他身长九尺三寸，浓眉大脸，红顶绿眼，鼻子高挺，眼睛有三个角。垂手过膝，有浓密的胡子，龙行虎步，十分威武。汉光武进武十年生于天目山，他母亲梦见巨人自称是魁星下降。身穿锦绣并且拿了一枝奇花给她。他母亲接过

来就醒了，只觉得满室异香，整月不散，由此感应而怀孕。张道陵诞生那天，有黄云笼罩在房子上，紫气弥漫在庭院中。房间里光华如有日月照耀，并且又闻到梦中的异香，久久不散。张道陵自幼聪慧过人，七岁就读通了老子道德经，天文地理河图洛书无不通晓。后来被选为贤良方正的官，然而虽然做官，而他却志在修道，不久就隐居到北邙山里，有一只白老虎衔神符送到他座榻旁。汉和帝曾经赐他做太傅，并封他为冀县侯，三次下诏他都婉拒了。他后来到了四川，爱上四川的山明水秀，于是隐居在鹤鸣山上。山上有只石鹤，每次一叫就表示有得道的人来了。张道陵和弟子王长一起修炼龙虎大丹，一年有红光照室，两年有青龙白虎来保护丹鼎，三年丹成，他也就成了真人。不久他又遇到神人指点，修成了最高的道术。他能飞行天上，能听见极远的声音，又能分身隐形，比如他能一面在池上划船，同时又在堂上吟诗，变化万千、神奇莫测。某夜，太上老君降临在他住的地方，授给他雌雄剑和许多符箓，要他诛灭横行四川的六大鬼神。张道陵精修千日，炼成了种种降魔的法术。不久八部鬼帅各领鬼兵共亿万数为害人间，他们带来各种瘟疫疾病、残害众生。张道陵在青城山上设下道坛，鸣钟扣磬，呼风唤雨指挥神兵和这些恶鬼大战。张道陵站立在琉

璃座上，任何刀箭一接近他就立刻变成了莲花。鬼众又放火来烧，真人用手一指，火焰又烧了回去。鬼帅一怒又招来千军万马重重包围，不料真人用丹笔一画，所有鬼兵和八大鬼士都纷纷叩头求饶。但是他们口服心不服，回去后又请来六大魔王，率领鬼兵百万围攻青城山。张道陵神闲气定，不为所动，他只用丹笔轻轻一画，所有的鬼都死光了，只剩下六人魔王倒在地上爬不起来，只好叩头求饶。张道陵再用大笔一挥，一座山分成两半把六个魔王困在里面，动弹不得。于是，魔王只得答应永世不再为害人间。由于张道陵除魔去病，救活万人，百姓都跑来追随他，拜他为师的一时竟达好几万人。张道陵就把他们组织起来，并且订定律令、分配职务，教给他们道理，劝他努力行善，就这样慢慢成立了道教团体，而张道陵本人也就名副其实地成了道教的祖师。东汉桓帝永寿元年九月九日，在四川赤城渠亭山中，上帝派遣使者持玉册，封张道陵为正一真人，他在飞升前授给长子衡斩邪二剑，叫他要驱邪诛妖，佐国安民，世世由一个子嗣来继承他教主的地位。嘱咐完毕，张道陵就和弟子王长、赵升三人一起升天而去，而他所创立的道教一直在民间传到今天，由于他规定入教者需交五斗米，因此也称"五斗米教"。

观音菩萨：又作观世音菩萨、观自在菩萨、光世音菩萨等，从字面解释就是"观察世间民众的声音"的菩萨，是四大菩萨之一。他相貌端庄慈祥，经常手持净瓶杨柳，具有无量的智慧和神通，大慈大悲，普救人间疾苦。当人们遇到灾难时，只要念其名号，便前往救度，所以称观世音。在佛教中，他是西方极乐世界教主阿弥陀佛座下的上首菩萨，同大势至菩萨一起，是阿弥陀佛身边的胁侍菩萨，并称"西方三圣"。观自在本为男身，传到中国后，因为传说救苦救难，很多闺中女子竞相参拜。封建时代认为不雅，加上观音有众多法像，因此人们将观音像塑为男身女面。但宋朝之后按中国古代仕女形象而创作出来的观音菩萨像却成为主流。观音是佛教的大菩萨，主慈悲，故称"大悲观世音菩萨"，无量劫以前就成佛了，号"正法明如来"，见众生苦难，倒驾慈航，做了菩萨。观音菩萨本来是印度人，当然属于佛教人物，因与中国众生特有机缘，后来就被我国道教纳为道教神仙。

雷公、电母：神话传说中的一对天神。司掌天庭雷电。雷公名始见《楚辞》，因雷为天庭阳气，故称公。所传始为兽型，或似鬼，或似猪，而以猴形居多，后状若力士，坦胸露腹，背插双翅，额生三目，脸赤色猴状，足如鹰鹯，左手执楔，右手持锥，呈欲击状，神旁悬挂数鼓，足下亦盘蹑有鼓。击鼓即为轰雷。能辨人间善

159

恶，代天执法，击杀有罪之人，主持正义。电母司掌天庭雷电。相传电母是典雅之女神，两手各执一镜用以闪电。神怪小说中都有闪电神，《封神演义》中说是金光圣母、《西游记》称闪电娘子，《搜神大全》则说天大笑时开口流光为闪电。除了一般职务之外，据说当雷公与电母吵架的时候，天上也会雷电交加。

福、禄、寿三星：民间传说之神。福星起源甚早，据说唐代道州出侏儒，历年选送朝廷为玩物。唐德宗时道州刺史阳城上任后，即废此例，并拒绝皇帝徵选侏儒的要求，州人感其恩德，遂祀为福神。宋代民间普遍奉祀。到元、明时，阳城又被传说为汉武帝时人杨成。以后更多异说，或尊天官为福神，或尊怀抱婴儿之"送子张仙"为福神。禄星相传名张亚子，仕晋战死，后人为之立庙纪念。道家称玉帝命其掌文昌府及人间功名、禄位事，故又称梓潼帝君、文昌帝君。寿星，亦作南极老人星。本为星名，后世小说、戏曲为神仙之名。初言其主国运之长短，后尊为主人间寿夭之神，凡得见者皆寿千岁。秦汉时已有寿星祠和老人庙。自东汉起祭祀寿星与敬老活动相结合，历代皆列入国家祭典，至明初始罢。近代所奉之寿神形象多为左手持杖，右手捧桃，银发长须，头高额隆，大耳短躯，面目慈祥的老者。

魁星：是北斗七星中形成斗形的四颗星。一说为其中离斗柄最远的一颗星。二十八星宿之一，是西方白虎七宿的第一宿，被古人称为主管文运之神。清代学者顾炎武在《日知录》中说："今人所奉魁星，不知始自何年，以奎为文章之府，故立庙祀之，乃不能象奎而改奎为魁。"继而魁星被形象化为一赤发蓝面鬼，立于鳌头之上，翘足，捧斗，执笔的模样。唐宋时，皇宫正殿雕龙和鳌于台阶正中石版上。考中进士者站在阶下迎榜，而头名状元则站在鳌头上，所以称为"独占鳌头"。

灶神：又称灶君、灶王，古代神话传说为主管饮食之神，民以食为天，人们祭灶神当时主要是为了感谢和颂扬灶神的公德，大约到了西汉，灶神的神职逐渐转化为掌管人的寿天福祸，被彻底的普遍迷信化了，据《史记》记载，西汉有个叫李少君的方士曾经鼓吹祠灶可以致物炼丹，导致长生，并能上天汇报凡人罪过。到了后汉，这一观念更广为流传，《后汉书》记载，阴子一见灶神，立刻以黄羊进祀，结果财运亨通，成为了巨富之人。到了晋代，灶神又执行了司命的职权，演变为司察世人罪过之神，成为了天帝直接安插在每个家庭中的耳目。由于灶神与司命神的融合，使民间的祭灶习俗中出现请灶神保佑子孙兴旺的说法。灶神原属家神，长年累月由人们供奉，一般初一、十五上上香而已，也无须铺排，但每年的腊月二十三日则须举行祭祀仪式，叫做"送灶"。河南腊月二十三祭灶的习俗，伴有一则凄凉的民间传说。古代的时候，一对老夫妇仅有一子，两人视儿子如掌上明珠，十分疼爱。但因家中贫困，无以糊口，只得忍痛让儿子到煤矿去挖煤，儿子久去不归，老人格外想念。这天老太婆嘱老汉到煤矿看看。路上，老汉遇到一个光脚的同路人，两人越走越熟，相处十分融洽。闲谈之中，老汉得知光脚汉是受阎王指使，来矿上收回一百名矿工。老汉心急如焚，乞求光脚汉留下自己的儿子。光脚汉慷慨应允，嘱他不要告诉别人，见了儿子老汉佯装害病，儿子侍奉左右，一直无法下井。不久，煤矿出了事故，老汉赶忙把儿子领回家里。转眼三年过去了，这年腊月二十二夜里，老汉想起当年的风险，忍不住对老伴说了。谁知此话被灶君听走了，二十三晚上，灶君上天后，对玉帝讲了这件事。玉帝恼羞成怒，立即惩罚了光脚汉，并收走了老汉的儿子。为此每到腊月二十三这天，人们敬灶君吃灶糖，希望他到天宫后，不要再搬弄人间是非。

财神：原名赵公明，有文财神和武财神之区分。当今道教宫观中的财神神像，多为黑面浓髯，骑黑虎，一手执银鞭，一手持元宝，全副戎装。该财神像当为武财神，即赵公元帅像。赵公元帅，即赵公明、赵玄坛。魏晋南北朝时期成书的《搜神记》和《真诰》等，都有赵公明的神迹，但只是司土下冢中事，或是瘟神。元明之间，赵公明的神迹才有完整的记载，称赵公元帅姓赵名朗、玄朗，字公明，终南山人。原是日精之一。古时天有九日，九日被后羿射下以后，变化为九鸟，坠落于青城山，变成九鬼王。八鬼行病害人，但是赵玄朗却独化为人，避隐蜀中，精修至道。张道陵在青城山炼丹时，收赵玄朗护卫丹室。天师丹成，分丹饵之，遂能变化无方。赵玄朗食丹以后，其形酷似天师。天师遂命其永镇玄坛，故号玄坛元帅。明代小说《封神演义》有姜子牙封神一节，封赵公明为金龙如意正乙龙虎玄坛真君，率领招宝天尊、纳珍天尊、招财使者和利市仙官等，统管人世间一切金银财宝。除了赵公元帅以外，民间亦有以关帝和明代无锡城战死的何五路为武财神的。

和合二仙：是民间传说之神，主婚姻和合，故亦作和合二圣。相传唐人有万回者，因为兄长远赴战场，父母挂念而哭泣，遂往战场探亲。万里之遥，朝发夕返，故名"万回"，民间俗称"万回哥哥"。以其象征家人之和合，自宋代开始祭祀作和合神。至清代雍正时，复以僧人寒山、

拾得为和合二圣。相传两人亲如兄弟，共爱一女。临婚寒山得悉，即离家为僧，拾得亦舍女去寻觅寒山，相会后，两人俱为僧，立庙寒山寺。自是，世传之和合神像亦一化为二，然而僧状，犹为蓬头之笑面神，一持荷花，一捧圆盒，意为"和（荷）谐合（盒）好"。婚礼之日必挂悬与花烛洞房之中，或常挂与厅堂，以图吉利。

二郎神：杨戬，道教俗神，天庭大将，玉帝的外甥，道教元始天尊门下徒孙，玉鼎真人的大弟子，变化无穷，神通广大，肉身成圣；早年劈桃山救母，视天界兵将如无物受封清源妙道真君；又助武王伐纣，再封昭惠显圣仁佑王。王母甚为疼爱，但因与舅舅玉帝不和，故不愿住在天界，而在下界守人间香火，率领梅山七怪七位结义兄弟和麾下1200草头神驻扎灌江口，与玉帝立约"听调不听宣"。意思是：我服从你调遣我去打仗除妖的军令，要是以君主或者舅舅的身份叫我和你见面，那就免开尊口。刚直公正，显圣护民，凡人间生灵危难，呼其尊号必往救。

麻姑：在中国的民间年画中，《麻姑献寿》永远是历久不衰的主题。古代关于麻姑传说的记载并不多，据说麻姑是北赵十六国有名的残暴将领麻秋的女儿。由于麻秋生性暴虐，在役使百姓筑城时，昼夜不让休息，只有在鸡叫时才使其稍作休息。麻姑同情百姓，自学口技，常常学鸡叫，这样别的鸡也就跟着叫，民工就可以早早休息，后来被他的父亲发现，父亲想打麻姑，麻姑因为害怕便逃到仙姑洞修道，后来从桥上升天成仙。传说东汉桓帝时，某年的七月七日，神仙王远降临在江苏吴县一个名叫蔡经的人家里。蔡经的家人早就预备好丰盛的酒菜，迎接神仙的降临。当神仙起驾的时候，人们听到了天上人马、锣鼓喧腾的声音。王远到来了，只见此人中等的身材，头戴远游冠，身着朱衣，佩带五彩的绅带，背上挂着宝剑，乘坐在羽车上，由五彩飞龙拖着座车。王远接见了蔡经一家人后，就派遣使者，请仙女麻姑赴宴。使者传达了王远的意思后，不多久，天上又响起了喧腾的声音，麻姑下凡了。只见麻姑是个十七、八岁俏美的姑娘；头顶结了一个髻，剩余的长发乌溜溜的垂到了腰际，穿着光彩夺目。仙女和王远寒暄完毕后，各人拿出了携带的食物，大多数是水果、乾肉之类。麻姑也一一会过蔡家的女眷，忽然间叫住了蔡经的弟媳。她几天前才生下孩子，麻姑叫她拿出些米来，然后，把这些米洒在地面，结果，这些米竟变成了一粒粒丹砂。王远看到这情形，也把他从天庭带来的一升美酒，拌了一斗水后，邀请蔡家同饮。蔡经看到麻姑鸟爪一样的手指头，突然产生了一个念头：用那爪来抓背搔痒，一定很舒服。想不到王远洞察了他的心思，大声地喝叱道："麻姑是神仙，你竟然想用她的手爪搔背，大胆！"说完后，就把蔡经捆绑起来鞭打。大家目睹了蔡经被鞭打的情形，可是却没有看到施刑的人。王远说："平常人是无福消受我的鞭答的。"宴席完毕后，王远和麻姑升上了天庭。这时候，天上传出了和他们下凡时同样的仙乐。

天后妈祖：又称天妃、天后、天妃娘娘、天上圣母等，是中国东南沿海和海外华人供奉的海洋保护神。道教《太上老君说天妃救苦灵验经》称，太上老君封妈祖为"辅斗昭孝纯正灵应孚济护国庇民妙灵昭应弘仁普济天妃"。有关妈祖的记载，大约起于北宋。妈祖原是都巡检林愿之女，名默娘，只活到二十八岁。林默娘初生时，红光满室，异气氤氲。由于生而弥月，不闻哭声，故名之曰默娘。林默娘八岁就塾读书，喜烧香礼佛。十三岁得道典秘法。十六岁观井得符，能布席渡海救人。升化以后，有祷辄应。妈祖之主要神迹是救济海上遇难之生民。据传，妈祖有随从，千里眼、顺风耳，能解救于千里之外。妈祖常穿朱衣，乘云游于岛屿之间。如果海风骤起，船舶遇难，只要口诵妈祖圣号，妈祖就会到场营救。后来，妈祖之职能略有扩大，民间亦有以妈祖为送子娘娘的。中国东南沿海各地大多建有妈祖庙，其中以福建泉州莆田妈祖庙为祖庭。

钟馗：据宋代著名学者、科学家沈括《补笔谈》说，唐明皇（玄宗）于开元年间，讲武骊山，回宫后得了疟疾，一个多月都好不了。忽然在一天晚上梦见两个鬼，一大一小。小鬼跛了一脚，瞎了一只眼，偷了杨贵妃的紫香袋和明皇的笛子，绕殿奔逃；大鬼戴帽子，袒露着两臂，脚穿靴，抓住小鬼，挖出眼珠子，将它吃掉。皇上问大鬼：你是什么人？回答说：臣下是钟馗，来应武举，不中，誓为陛下除天消孽。明皇梦觉之后，病也好了。于是召画工吴道子，让他画钟馗像，印后分赐给各大臣。民间传说钟馗有个同乡好友叫杜平，为人乐善好施，资助钟馗赴京应试。钟馗因面貌丑陋而被皇帝免去状元的资格，一怒之下，撞阶而死。杜平将他安葬。钟馗做了鬼王之后，为报答杜平生前之恩，亲率鬼卒在除夕时返家，将妹妹嫁给了杜平。这就是着名的"钟馗嫁妹"的故事。

城隍：有的地方又称城隍爷。他是冥界的地方官，职权相当于阳界的市长。因此城隍就跟城市相关并随城市的发展而发展。城隍产生于古代祭祀而经道教演衍的地方守护神。城隍本指护城河，祭祀城隍神的例规形成于南北朝时。唐宋时城隍神信仰滋盛。宋代列为国家祀城

隍典。元代封之为佑圣王。明初，大封天下城隍神爵位，分为王、公、侯、伯四等，岁时祭祀，分别由国王及府州县守令主之。明太祖此举之意，城隍由护卫神变为阴界监察系统，道教因之而称城隍神职司为剪除凶逆，领治亡魂等。有些神明虽不称城隍，但却有城隍的性质与职能，如福建泉州惠安县的青山王，其庙就配奉有判官、诸司、范谢将军等。河南省鹤壁市淇滨区王升屯村，有一座明初流传下来的小庙，里边供奉着当地的城隍王升。相传，王升自幼聪敏，刻苦读书习武，后经名师传授，十八般武艺样样精通，因其文武兼备，后任京师督军教头。他性格豪爽，不畏权贵，行侠仗义，传说他在京任职期间，得罪过当朝权贵，他看不惯官场腐败现象，后来辞职隐退故里。他学识渊博，见多识广，与黑山上清宫道长和金山寺长老多有来往，他广结善缘，处处为他人排忧解难，灾荒年景他经常在自家客栈向过往饥民舍饭，在浚县西部地区口碑皆佳，威信很高。

阎罗王：简称阎王，又叫阎摩罗王、阎魔王等，汉译为"缚"、捆绑、捉拿有罪过之人。他能判决人生前之罪，加以赏罚。阎罗王的职责是统领阴间的诸神，审判人生前的行为并给与相应的惩罚。在佛教中，阎王信仰有很多各自不同但互相联系的说法，如平等王、双王等。阎王

原来是古印度神话中管理阴间的天王，在《梨俱吠陀》中即已出现，佛教沿用这一说法，称阎王为管理地狱的魔王，据《问地狱经》载，阎王从前是毗沙国的国王，在与维陀始生王的战争中因兵力不敌而立誓，愿为地狱之主。他手下的十八大臣率领所属百万众共同立誓，共治地狱罪人。十八臣就是后来的十八地狱之小王，百万之众即后来地狱的众多狱卒。在中国民间的传说中，包拯成为公正的化身。有的认为他死后成为阎罗王，继续审理阴间的案件。有的则认为他白天在人间审案，晚上则成为阎罗王，在阴间断案。人死后，灵魂到阴间接受包拯的审判，如果确实是受人陷害，包拯会把他放回阳间活命；如果的确有罪，则被送入地狱受罚。民间传说中，"四大阎王"一说认为阎王有四位：除包拯外，还有韩擒虎、范仲淹和寇准。另一说则认为阎王有三位，分别是：包拯、范仲淹和寇准。韩擒虎是隋初大将，据称他在13岁时打过猛虎，所以取名叫擒虎。在隋王朝统一中国的灭南陈战争中，首先渡江进入建业，由此立下了大功。《二十四史》多讳鬼神，很少记有阴阳界故事，而韩擒虎死做阎罗王的传说，竟被记进《隋书》，可见在初唐时，这条传说是颇见风行的。所以在晚唐敦煌变文《韩擒虎话本》，更是惟妙惟肖描述了韩擒虎在灭陈后，五道

将军持天符请他出任阴司之主，韩应允，请假三天。隋文帝杨坚并举行了告别宴会。第三日，有一紫衣人、一绯衣人乘乌云前来迎接，自称是天曹地府来取大王上任。于是，韩擒虎辞别朝廷君臣和家小，赴阴间当阎罗王去了。北宋名相寇准以秉直见闻于民间，传说他的爱妾茜桃临死前说："吾向不言，恐泄阴理；今欲去，言亦无害。公当为世主者阎浮提王也。"寇准死后，有个叫王克勤的人，见公于曹州境上，问其从者，回说是阎罗处政。可见他生前已知已要出任阎罗王，而死后果然当了阎罗王了的。大概在他生前已经流传此说，所以当时就有人在驿舍侧，挂起寇准图像，上面写有"今作阎罗王"字样。

孟婆：地府中专司掌管将生魂抹去记忆的阴使。相传孟婆汤的做法，先取在十殿判定要发往各地做人的鬼魂，再加入采自俗世的药材，调合成如酒一般的汤，分成甘、苦、辛、酸、咸五种口味。凡是预备投生的鬼魂都得饮下孟婆的迷魂汤，如有刁钻狡猾、不肯喝的鬼魂，它的脚底下立刻就会出现钩刀绊住双脚，并有尖锐铜管刺穿喉咙，强迫性的灌下，没有任何鬼魂可以幸免。关于孟婆的由来，民间出现最多的通常有三种说法：一说鸿蒙初开，世间分为天地人三界，天界最大掌管一切，人间即所谓的阳世，地即为阴曹地府。三界划定，无论天上地下，神仙阴官，俱都各司其职。孟婆从三界分开时便已在世上，她本为天界的一个散官。后因看到世人恩怨情仇无数，即便死了也不肯放下，就来到了阴曹地府的忘川河边，在奈何桥的桥头立起一口大锅，将世人放不下的思绪炼化成了孟婆汤让阴魂喝下，便忘记了生前的爱恨情仇，卸下了生前的包袱，走入下一个轮回。二说所谓的孟婆就是孟姜女，昔日孟姜女哭倒长城之后，眼见长城之下尸骸无数，再也找不到丈夫的尸骨。为了能忘记这些痛苦万分的记忆，就熬制了能使人忘记记忆的孟婆汤。后来上天念她思夫之情感天动地，就免了她的轮回之苦。让她在奈何桥畔熬制孟婆汤，让参与轮回的阴魂们忘记前世的一切。这一说从元朝开始广为流传，到明清时期多见于文人笔记之中，亦是至今民间流传最广的一种说法。在关于孟婆的诸多传说中，倒是这个说法颇具某种现实主义色彩。三是孟婆生于西汉时代，自小研读儒家书籍，长大后，开始念诵佛经。她还在世时，从不回忆过去，也绝不想未来，只是一心一意地劝人不要杀生，要吃素。一直到她八十一岁，依然是处女之身。她只知道自己姓孟，于是人称她为"孟婆老奶"。后来，孟婆老奶入山修行，直到后汉。因为当时世人有知前世因者，往往泄露天机，因此，

上天特命孟婆老奶为幽冥之神，并为她造筑驱忘台。

黑白无常：白无常和黑无常人们并称无常二爷，是专门捉拿恶鬼的神。黑无常列入十大阴帅之列。而白无常则笑颜常开，头戴一顶长帽，上有"你也来了"四字；黑无常一脸凶相，长帽上有"正在捉你"四字。传说中白无常名叫谢必安，黑无常名叫范无救，也称七爷、八爷。据说，谢范二人自幼结义，情同手足。有一天，两人相偕走至南台桥下，天将下雨，七爷要八爷稍待，回家拿伞，岂料七爷走后，雷雨倾盆，河水暴涨，八爷不愿失约，竟因身材矮小，被水淹死，不久七爷取伞赶来，八爷已失踪，七爷痛不欲生，吊死在桥柱（所以很多白无常的形象是伸著长长的红舌）。阎王爷嘉勋其信义深重，命他们在城隍爷前捉拿不法之徒。有人说，谢必安，就是酬谢神明则必安；范无救，就是犯法的人无救，当然这都是民间传说。

图片授权

东方IC网　中华图片库

北京图为媒网络科技有限公司

北京全景视觉网络科技有限公司

林静文化摄影部

敬　启

本书图片的编选，参阅了一些网站和公共图库。由于联系上的困难，我们与部分入选图片的作者未能取得联系，谨致深深的歉意。敬请图片原作者见到本书后，及时与我们联系，以便我们按国家有关规定支付稿酬并赠送样书。联系邮箱：zct06@163.com